KB042689

골렘의 장인

골렘의
장인 2

초판 1쇄 인쇄일 2016년 4월 26일 ┃ **초판 1쇄 발행일** 2016년 4월 28일

지은이 러트렐 ┃ **펴낸이** 곽중열 ┃ **담당편집 팀장** 이범수
편집부 신연제 이유아 김은경 홍현주

펴낸곳 (주) 조은세상 ┃ **출판등록** 제 2002-23호
주소 경기도 연천군 미산면 청정로 1355
TEL 편집부 02)587-2966 ┃ FAX 02)587-2922
e-mail bukdu@comics21c.co.kr

ⓒ러트렐 2016
ISBN 979-11-5832-541-1 ┃ ISBN 979-11-5832-539-8(set) ┃ 값 8,000원

러트렐 현대 판타지 장편소설

NEO MODERN FANTASY STORY & ADVENTURE

골렘의 장인

Golem's 匠人

② 2

북두
(도)좋은세상

CONTENTS

골렘의 장인

Golem's
匠人

1. 네크로맨서(2)

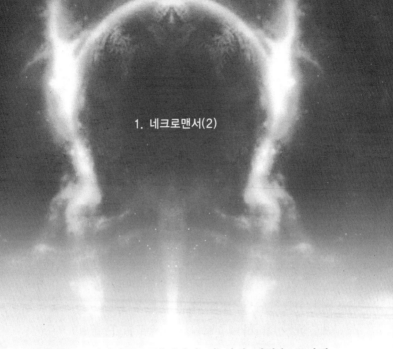

1. 네크로맨서(2)

켈리토는 시미터를 교차시키며 쉼 없이 대혁을 공격했다. 두 자루의 시미터로 펼치는 검술은 끊김 없이 계속 이어졌다.

대혁은 아슬아슬 하게 시미터의 범위를 벗어나면서 이죽거렸다.

"아직인가? 더 기다려줘야 나를 죽이고 목함을 빼앗아갈 거야?"

"……."

대혁이 한껏 여유를 부렸다. 그의 목소리가 유들거렸다. 신체능력 자체만 놓고 보면 켈리토가 우위였다. 실제로 시미터를 피하는 것도 외줄을 타는 것처럼 아슬아슬했다.

하지만 이를 극복할 수 있는 수단이 대혁에겐 몇 가지나 더 있었다.

대혁은 스톰 글러브를 이용해 바람을 부렸다. 곧게 공간을 잘라오던 시미터의 궤도가 틀어졌다.

"……!"

켈리토가 당황하는 틈을 타 대혁은 공격을 시도했다.

픽!

짧고 빠른 잽이 켈리토의 얼굴을 가격했다. 대혁은 더 욕심 부리지 않고 뒤로 빠졌다.

"온통 뼈뿐이라 때리는 맛도 안 나는군."

대혁은 조금씩 승기를 잡아갔다. 오러가 실린 검을 아슬아슬하게 피하며 켈리토의 몸을 두드렸다. 켈리토의 공격은 정교했지만, 대혁은 작은 빈틈을 찾아내는 식으로 공격을 시도했다.

"……."

연신 검격을 뿌리던 켈리토가 갑자기 양 팔을 추욱 늘어뜨렸다. 켈리토가 입을 열었다.

"…인정한다. 내가 너무 쉽게 본 것 같군."

그리고 시미터를 땅속에 박아넣었다.

"…뭐 하는 거야?"

"전력을 다해서 상대해주마."

"전력을 다하는데 왜 검을 버리지? 검이 주무기가 아니었던거야?"

"아니. 그 검은 내가 애용하는 병기가 맞다. 하지만 내겐 다른 힘이 한 가지 더 있지."

"…그게 뭔데?"

"주군께서 내려주신 권능…."

대혁이 머리를 긁적거렸다.

"뭐래."

켈리토는 시미터를 통해 땅속으로 검은 마력을 주입했다.

"일어나라. 나의 권속들이여."

퍼억!

뼈만 있는 손 하나가 땅을 뚫고 나왔다. 그것을 기점으로 땅속에서 수십여마리의 백골이 일어났다. 대혁이 새로이 등장한 적의 이름을 입에 올렸다.

"…스켈레톤 병사?"

"그렇다."

"그게 너의 진짜 힘이란 말이지?"

켈리토는 자부심 어린 표정으로 고개를 끄덕였다.

"주군께서 내려 주신 나의 권능이다. 스켈레톤 마스터. 스켈레톤 병사는 비록 하나하나는 약하지만 이렇게 많은 숫자를 이용하면 전략적인 활용이 가능하지."

"그것 참 대단하군."

대혁은 아이템 슬롯에서 티타늄 큐브 세 개를 꺼내 바닥에 던졌다. 티타늄은 단숨에 골렘으로 형체를 바꿨다.

"그때의 그 골렘인가? 보아하니 많은 숫자를 컨트롤 하는 건 불가능한가 보군. 그 정도 숫자는…."

켈리토의 말을 무시하고 대혁은 발치에 닿는 작은 돌멩이들을 툭툭찼다.

대혁이 건드릴때마다 돌멩이들은 스톤골렘으로 모습을 바꿨다.

'대체 이게 무슨 괴물 같은….'

켈리토는 입을 닫고 그 모습을 지켜봤다.

30여기의 스톤 골렘이 일어섰다. 티타늄 골렘을 포함하면 총 33기였다.

대혁이 말했다.

"쓸어버려."

스켈레톤 병사는 골렘의 상대가 되지 못했다. 힘에서나 리치에서나 속도에서나, 방어력에서도.

스켈레톤은 뼛조각이 되어 허공을 날아다니기 시작했다.

"이익…!"

켈리토는 시미터를 뽑아들고 참전했다. 오러를 입힌 시미터를 뿌리자 단단한 골렘의 몸이 부숴지기 시작했다. 그가 몇 기의 골렘을 눕혔지만 수십 기를 상대로는 무리였다.

결국 티타늄 골렘의 창대가 켈리토의 몸통을 꿰뚫었다. 암흑마력으로 구성되어있는 육체에서 피 대신 검은 연기가 피어올랐다.

움직임이 봉쇄되자 다른 골렘들이 뛰어들어 켈리토의 팔다리를 묶었다.

"이런… 미친…."

켈리토가 중얼거렸다. 대혁은 팔다리가 완전히 봉쇄된 켈리토의 이마를 툭툭 쳤다.

"그런 말도 할 줄 아는군."

"…목함을 내놓아라. 주군이 직접 오신다면… 네 목숨은 보장할 수 없다."

"아직도 큰소리를 치는군."

"사실이니까."

"그래, 네 주군이란 놈은 어디에 있지?"

"말해 줄 수 없다."

"좋게 좋게 가자고. 그 친구의 얼굴이 궁금해서 그래."

"차라리 죽여라."

"그것도 좋은 생각이군. 권능을 부여해줄정도로 아끼는 수하라면, 너를 죽이면 녀석이 얼굴을 드러낼지도 모르잖아."

켈리토는 마음을 단단히 먹었다. 자신이 소멸하더라도 주군의 위치는 말할 수 없었다. 이 남자는… 주군에게 위해를 가할 수 있을지도 모를 정도로 위험하다는 판단이 들었다.

그러거나 말거나 대혁이 섬칫하게 웃었다. 그리고 슬롯에서 쇠망치를 꺼내 켈리토의 몸을 부수기 시작했다. 전혀 망설임이 없는 동작이었다. 대혁은 스켈레톤 하나 가루로 만드는 것엔 아무런 감흥도 느낄 수 없었다.

다리… 팔…

망치가 두들길때마다 암흑마력이 흩어지고 뼈가 드러났다. 그럼 대혁은 망치로 뼈를 분쇄했다.

"이런 굴욕을…."

켈리토는 자신의 신체가 훼손되는 것을 맨정신으로 지켜봐야 했다.

"여기 있군."

켈리토의 몸을 부숴나가던 대혁은 켈리토의 핵을 찾았다. 골렘이 마나스톤을 동력삼아 기동하는 것처럼, 상위급 언데드 몬스터에겐 '라이프 포스'라는 핵이 있었다.

"말 안 할 거지?"

"……."

"그래. 잘 가고."

파삭!

대혁은 두 번 묻지 않고 켈리토의 라이프 포스를 깨버렸다. 켈리토의 안광이 소등한 백열등처럼 혹 꺼져버렸다.

대혁은 그 상태로 잠시, 변화를 기다렸다.

10분이 흐르도록 변화는 찾아오지 않았다. 대혁은 엉덩이를 툭툭 털고 자리에서 일어났다. 하긴, 어디있는지도 모를 네크로맨서가 수하 하나 죽었다고 대뜸 나타날리 없었다.

이제 어떻게 하나 고민하는 찰나에 낯선 목소리가 들렸다.

"네 놈. 뭘 어떻게 한 것이냐?"

대혁이 돌아보니, 흑마를 탄 창백한 인상의 남자가 있었다. 대혁은 그가 누구인지 단 번에 알아볼 수 있었다.

"데스나이트? 아까 SUV를 공격했던 녀석이군. 다른 헌터들은 어떻게 됐지?"

"내가 먼저 물었다."

대혁은 양손을 펼쳐 머리뼈만 남은 '켈리토'를 가리켰다.

"보시는 대로."

"죽어라!"

데스나이트는 분노해서 달려들었다. 대혁은 기예르모가 휘두르는 대검을 여유롭게 피해냈다. 흥분해서 마구잡이로 휘두르는 대검은 비록 빨랐지만, 빈틈이 많았다.

대혁이 손가락을 튕기자 골렘 하나가 데스나이트의 뒷덜미를 낚아채 바닥에 메다꽂았다. 기예르모는 오뚜기처럼 벌떡 일어나 자신을 메다꽂은 스톤골렘을 사선으로 베었다.

"용쓰는군."

기예르모는 켈리토만큼이나 강했다. 하지만 제압하기는 훨씬 쉬웠다.

흥분해서 날뛰는 기예르모는 스톤골렘 일곱 기와 티타늄 골렘하나를 쓰러뜨렸다. 그리고 스톤골렘이 휘두르는 도끼에 다리가 잘렸다.

다리 하나로도, 얼마간 전투를 지속한 기예르모는 결국 골렘에 의해 제압되었다.

팔짱을 끼고 지켜보던 대혁이 기예르모에게 다가갔다.

"이제는 내 질문에 대답할 차례야."

"……."

"다른 헌터들은 어떻게 됐지?"

"죽었다."

"어디에 있는지는… 물론 말 안해주겠지."

대혁은 스톤 테일 30기를 불러내 영종도를 샅샅이 뒤지도록 명령했다.

"네 놈은 누구지? 너처럼 강한 헌터가 한국에도 있었나?"

기예르모가 참담한 목소리로 물었다. 켈리토와 자신은 S급 헌터 2~3명을 상대로도 너끈히 승리를 가져올 수 있을 정도로 강했다.

그런데 눈 앞의 남자는 그런 켈리토를 소멸시키고 자신조차도 손쉽게 제압했다.

"혹시 벌써 헌터협회가 개입을 시작한 건가? 그래, 협회 소속이라면 말이 되는군."

헌터협회 본부엔 헌터중에서도 괴물들이 득시글 거린다. 대혁이 고개를 절레절레 흔들었다.

"나는 그냥 내 소속이야. 그런것보다도, 네 주인에 대해서 말인데…"

"……."

입을 꾹 다무는 기예르모를 보며 대혁은 한숨을 푹 내쉬었다.

"잘 알았다. 너도 함구하겠다 이거지?"

대혁은 기예르모의 라이프 포스를 찾아 파괴했다. 스톤테일로부터 신호가 왔다.

◆

루번은 귀살스러운 기운을 뭉게뭉게 뿌려대며 허공으로부터 내려앉았다.

"켈리토…기예르모…."

음산한 목소리로 자신의 권속을 불렀다.

하지만 라이프 포스가 파괴된 둘이 이승에 남긴 것은 담고 있던 '그릇'뿐이었다.

대답이 돌아올리 만무했다.

"……."

네크로맨서인 루번은 둘을 다시 일으켜 세우는 것이 가능했다. 하지만 그건 더 이상 켈리토와 기예르모가 아니었다. 라이프 포스는 언데드의 생명이자 영혼이나 마찬가지였다.

"…수고했다."

루번은 손을 하늘로 뻗었다. 켈리토의 머리뼈와 이리저리 해체된 기예르모의 육편이 퍼석! 소리를 내며 잿빛가루로 변했다. 가루는 바람을 타고 날아와 루번의 코로 스며들었다.

"편히 잠들거라. 여왕의 라이프 포스는 내손으로 직접 돌려받고, 기필코 비원을 이루리라."

루번으로부터 쏘아진 암흑의 기둥이 하늘에 닿았다. 검은 기운은 물감처럼 퍼지더니 영종도 하늘 전체를 뒤덮어버렸다.

◆

둘 다 상태가 심각했다. 백희나는 핏기하나 없이 얼굴이 새하얗게 탈색된 상태였고, 나진혁은 온몸에 크고 작은 부상을 입고 의식을 잃고 있었다.

다행히 둘 다 맥박이 남아 있었다. 대혁은 위업상점에서 상급 포션을 두 병 구매했다.

부욱!

대혁은 망설임 없이 백희나의 상의를 찢었다. 내장이 상할정도로 복부가 깊게 베여 있었다. 대혁은 상처위로 포션을 들이부었다.

치이익!

포션을 상처부위에 붓자 상처에서 부글부글 피거품이 끓어올랐다. 대혁은 반쯤 남은 포션은 백희나의 입을 타고 흘려넘겼다.

"남은 건 하늘에 맡겨야지."

대혁은 외투를 벗어 백희나에게 덮어주었다. 나진혁에게도 똑같은 조치를 취했다. 나진혁은 상태가 호전되자 의식을 차렸다.

"허억! 희,희나야!"

발작하듯 백희나의 이름을 부르며 깨어난 그가 대혁을 발견했다.

"어떻게 된 거죠? 그 데스나이트는…."

"해결했으니 걱정할 것 없습니다. 핸드폰 있죠? 구급대를 부르세요."

"대혁씨는요?"

대혁이 손으로 하늘을 가리켰다. 영종도의 하늘이 검게 물들어 있었다.

◆

"꺄아이악!"

인스볼케이노 리조트는 아비규환이었다. 휴식을 위해 리조트를 찾은 남녀노소가 비명을 지르며 사방으로 뛰어다녔다. 그 뒤를 스켈레톤 병사들이 뒤쫓았다.

퍼억! 서걱!

스켈레톤 병사는 망설임 없이 일반인의 몸을 베고 심장을 찔렀다. 부르르 몸을 떨며 축 늘어진 시체는 곧 광기를 눈에 띠고 일어났다.

좀비.

루번은 리조트 관광객들을 이용해 자신의 군대를 만들고
있었다.

"뭐하는 새끼냐!"

리조트를 울리는 일갈과 함께 강팍한 턱을 가진 남자가
나타났다. 그가 부리부리한 눈으로 루번을 쏘아보았다.

"나는 A급헌터 이성현이다. 즉시 악행을 멈춰라!"

키가 2m는 되어보이는 A급헌터 이성현이 자신을 향해
달려드는 스켈레톤의 머리를 박살내곤 말했다.

그 역시 휴식을 위해 리조트를 찾았다가, 사건을 맞이한
것이었다.

루번은 무심하게 이성현을 쳐다보곤 검지손가락을 치켜
들었다.

"……?"

풋!

루번의 손가락으로부터 일직선으로 검은기운이 발출되
었다. 방심하던 이성현은 미간이 꿰뚫려 그대로 죽음을 맞
이했다.

"일어나서 나를 섬겨라."

루번이 말했다. 루번의 몸으로부터 뻗어나간 기운이 이
성현의 몸으로 스며들었다.

이성현은 미간이 구멍난 그대로 몸을 일으켰다.

생기를 잃었던 눈빛엔 검은홍광이 번득였다. 그가 루번의 앞에 부복했다.

"주군을 받들겠습니다."

비명소리가 끊이지 않았다. 한 때 인간이었던 자들은 이제 좀비가 되어 다른 인간을 헤치고 있었다. 루번은 무심하게 그 모습을 지켜보았다. 루번은 영종도 전체를 뒤져 켈리토와, 기예르모의 원수를 찾고 목함을 되찾을 생각이었다.

"날 찾고 있나?"

루번이 휙 고개를 돌렸다. 그곳에 우대혁이 서 있었다. 아비규환으로 흘러가는 장내의 분위기는 아랑곳도 않는, 당당한 자세였다. 그를 향해 좀비와 스켈레톤이 달려들었다. 호위라도 하듯 서있던 골렘들이 좀비와 스켈레톤의 머리를 박살냈다.

좀 처럼 표정을 드러내지 않는 루번의 표정이 꿈틀거리며 변화를 드러냈다. 그것은 자신의 권속이 너무도 손쉽게 당해서가 아니었다. 우대혁의 모습이 조금의 흔들림 없이 당당해서도 아니었다. 루번이 입을 열었다.

"…우대혁?"

◆

그의 얼굴을 잊을 수 있을 리가 없었다. 루번에게 우대혁은 불구대천의 원수나 마찬가지였다. 루번의 목소리끝이 자르르 떨려왔다.

"…누구?"

반면에 대혁은 뒤통수를 긁적이며 루번의 얼굴을 자세히 살폈다. 도무지 떠오르지 않는 얼굴이었다.

"날 기억하지 못하는가?"

"그러게… 내가 기억력이 나쁜편은 아닌데 생각이 안나는구만."

루번은 인상이 찌그러졌다. 도무지 우대혁이란 저 남자는 마음에 들지 않았다. 당장이라도 찢어발기고 싶은 마음이 그득찼다.

루번이 이를 갈며 말했다.

"…파모라님은 기억이 나는가?"

"파모라?"

"리치퀸 파모라님 말이다!"

루번이 소리쳤다. 순간 리조트 내부에서 인간사냥을 하던 좀비와 스켈레톤의 움직임이 한 순간 더 빨리지고, 난폭해졌다. 술자인 루번의 영향을 받은 것이다. 비명이 더 처절해졌다.

대혁은 손짓해서 골렘을 보냈다. 골렘들은 좀비와 스켈레톤을 진압하기 시작했다.

"어이쿠. 귀청이야. 그녀의 이름이 파모라였군. 리치퀸이라면 기억하고 있다."

리치.

마법의 길을 걷던 사람이 더 강한 마력과 영생을 추구하여 '인간'을 버리고 도달하는 존재였다. 리치퀸은 다른 언데드와 달리 자신의 '라이프 포스'를 몸밖으로 꺼내서 보관할 수 있다.

그로써 불멸에 한층 더 가까워지는 것이다. 파모라는 인간이었을 때도 상당한 수준의 마도사로, 리치가 되며 막강한 마력을 손에 넣었다.

루번이 이를 잘근 씹으며 말했다.

"나는 그녀의 심복이었다.

"......"

대혁은 어째서 저 루번이라는 놈이 자신을 알고 있는지, 그리고 왜 저렇게 뿔이 났는지 알 수 있었다.

리치퀸 파모라는 노바틱 행성의 절대자인 길가메쉬를 받드는 인물 중 하나였다.

길가메쉬를 죽이기 전에 대혁은 파모라를 상대해야 했다. 파모라는 강했지만 후에 길가메쉬도 꺾은 대혁이 감당 못할 정도는 아니었다.

결국 대혁의 동료 '전율의 마녀'가 불멸의 몸인 파모라를 여러갈래로 나눠 봉인해버렸다.

라이프 포스의 행방을 찾지 못해 죽일 순 없었지만 봉인은 가능했다.

"잠깐. 네 말대로라면 너는 노바틱 행성에서 이쪽으로 건너온 건가? 대체 어떻게?"

"너도 건너오지 않았나?"

"그건 그렇지."

대혁은 쉽게 수긍하며 고개를 끄덕이다가 다시 질문을 던졌다.

"아니,아니. 나는 이 쪽이 고향이라서 돌아온 거야."

"우대혁. 너는 지구에 던전에 생겨나기 시작한게 우연이라고 생각하는가? '우리' 는 이주를 허락받은 자들 '눌람' 이다."

루번은 하늘로 손을 뻗쳐들었다. 그의 손바닥에서 검은 줄기가 다발로 뻗쳐나왔다. 검은 기운의 줄기들은 스켈레톤 병사와 좀비에게로 흡수되었다.

우우웅.

스켈레톤 병사와 좀비들에게 변화가 일어났다. 스켈레톤 병사는 갑주와 검, 방패 따위를 들었고,

좀비는 몸의 근육이 비대화하고 이빨이 툭 튀어나왔다.

"이야기는 여기까지다. 마침 잘 됐군. 이곳에서 널 죽이고, 목함을 되찾아, 마침내 나는 그녀를 되살린다."

"이봐. 너도 알다시피 내 힘은 파모라를 끝장낼 정도야. 네가 나를 죽인다고? 그게 가능할 것 같아?"

루번이 입꼬리를 말아올렸다. 거의 무표정으로 일관하는 그의 창백한 얼굴이 명백한 비웃음을 내비췄다.

"그때의 넌 겨우 이정도가 아니었지 않는가. 지금의 네 꼴을 봐. 고작 스톤골렘과 아이언골렘 몇 마리를 다루는 걸

보면 이쪽으로 건너오며 힘을 많이 잃었던 것 같군."

"……."

정답이었다. 대혁은 겉으로 티가 나지 않도록 표정관리를 했다. 루번의 말대로 대혁은 그때에 비하면 터무니 없이 약해진 상태였다. 조금씩 힘을 되찾고 있었지만.

'증원을 요청한 게 다행이군.'

대혁은 인스볼케이노 리조트로 오기 전에, 자신의 공방에 있는 골렘들에게 신호를 보냈다. 지금은 송도에 있는 골렘들이 바다를 건너 영종도로 향하고 있었다.

"자, 그럼 이만 목함을 내놓아라."

루번이 음산한 목소리로 말했다. 대혁은 어깨를 으쓱했다.

"줄 리가 없잖아."

대혁은 대답하면서 리조트의 입구쪽을 슥 바라봤다. 장내는 어느정도 정리가 되어가고 있었다. 비명을 지르는 사람들은 골렘들이 모두 리조트 내부로 운반시켰다.

그리고 리조트 정문 앞으로는 골렘들이 수문장처럼 단단히 버티고 서 있었다.

안으로 들어가려는 좀비와 스켈레톤 병사의 공격이 거셌지만 골렘들은 너끈히 막아냈다.

'이 정도면 리조트는 안전할 것 같군.'

대혁은 루번의 움직임도 놓치기 않고 시야에 담고 있었다. 아까, 이성현이라는 헌터를 단숨에 꿰뚫었던 마법은 언뜻 보이기에도 위험해보였다.

"그럼 힘으로 빼앗아주마."

루번이 말했다. 그가 손을 들어 올리고 입을 웅얼거렸다. 퍼석거리는 소리가 나며 리조트 일대가 들썩였다. 도로가 파헤쳐지고 바닥에 깔려있던 타일들이 뒤집어졌다. 그리고 셀 수 없이 많은 스켈레톤 병사가 쏟아져나왔다. 그 뿐만이 아니었다.

루번이 허공에 원을 그렸다. 루번의 손가락을 따라 먹물처럼 검은 궤적이 허공에 남았다. 루번이 원의 테두리에 마력을 주입하자 원의 내부가 일렁거렸다.

'아공간 마법!'

대혁의 파쿨타템보다는 현저히 작은 규모였지만, 분명한 아공간 마법이었다. 냉기같은 것이 원안에서부터 스물스물 흘러나오더니 공간이 쩌억, 아가리를 벌렸다.

루번은 열린 아공간의 입구를 향해 말했다.

"나오거라."

그 안에서, 스켈레톤이나 좀비 따위의 하급 언데드가 아닌 진짜 언데드 몬스터가 나왔다.

듀라한 다섯과 데스나이트 다섯.

모두가 위풍당당한 기세였다. 듀라한은 키가 2m50cm가 넘었고 거대한 머리를 옆구리에 끼고 눈알을 희번덕거렸다. 데스나이트는 모두 흑마위에 올라타서, 무장을 하고 있었다.

그들은 나오자마자 루번을 향해 부복했다.

"주군을 뵙습니다."

루번이 손을 휘저었다. 그리고 손가락으로 우대혁을 가르켰다.

"나를 도와 저 자를 죽여야겠다."

"명을 받들겠습니다."

"방심하면 안된다. 켈리토와 기예르모가 당했으니. 확실하게 놈의 숨통을 끊어야 한다."

켈리토와 기예르모가 당했다는 말에 데스나이트 들의 눈빛이 달라졌다.

데스나이트의 선두에 서 있는 자가 대혁을 향해 말했다.

"기예르모를 죽이다니… 제법인가보군."

대혁은 피식 웃었다. 하다 하다 듣도 보도 못했던 언데드 몬스터가 자신의 실력을 평가하려 들다니… 헛웃음이 나올 수 밖에 없었다.

"쫄짜는 조용히 하고 있고…."

대혁은 데스나이트의 뒤편에 서 있는 루번을 향해 나직이 말했다.

"어디까지 갈 셈이지? 이렇게 크게 판을 벌이면 뒷감당이 되겠어?"

"지금은 네 목숨이나 걱정하거라."

"그건 그렇군."

루번이 소리쳤다.

"죽여라!"

데스나이트와 듀라한, 그리고 스켈레톤 병사와 좀비들이 일제히 대혁을 향해 달려들었다.

골렘들이 대혁의 앞을 막아섰다.

◆

헌터협회 한국지부로 비보가 날아들었다. 영종도에서 사단이 일어났다는 것이다.

식후에 커피 한 잔을 마시고 있던 지부장은 눈이 번쩍 뜨였다. 노곤하던 정신이 한순간에 팽팽하게 당겨졌다.

"영종도로 출동할 수 있는 헌터들 수배하게. 그리고 나도 직접 나가야겠어. 5분내로 헬기 대기 시켜."

"알겠습니다."

비서는 짤막하게 대답하고 지부장실을 나갔다. 그녀의 얼굴도 딱딱하게 굳어있었다. 던전 브레이크를 제외하면 가장 큰 사건이랄 만했다. 혼란중이라 제대로 파악되지 않았지만 벌써 수 십명의 사람이 죽어나갔다고 한다.

"웬 놈들이지? 이렇게 일을 벌이다니."

지부장은 나진혁의 핸드폰으로 전화를 걸었다. 신호가 몇 차례 가더니 나진혁이 전화를 받아들었다.

-지부장님.

"아. 나진혁군. 지금 어딘가?"

-영종도입니다.

"영종도?"

-예, 인스볼케이노 리조트로 향하다가 레버넌트로 추측되는 놈들의 습격을 받았습니다.

지부장의 머릿속에 퍼즐이 짜맞춰지는 듯 했다. 지금 인스볼케이노 리조트에서 학살극을 벌이고 있는 자들은 레버넌트였던 것이다.

"목함은? 목함은 어딨는가?"

-목함은 제가 갖고 있지 않습니다. 우대혁씨가 가지고 있어요.

"그는 지금 어디있지?"

-지금 영종도에서 어떤일이 벌어지고 있는지는 모르지만… 아마 이 검은 하늘을 만든 주범을 상대하러 간 것 같습니다.

"대체 이게 무슨…."

지부장은 침을 꼴깍 삼켰다. 우대혁의 실력은 언뜻 S급 정도로 추측되지만 혼자서 레버넌트의 간부를 상대할 정도는 아니었다.

"목함은 절대 뺏기면 안 돼. 나도 지금 영종도로 가겠네."

-예, 지부장님. 그런데 말입니다.

"왜 그런가?"

-아닙니다

"원, 실없기는. 알겠네. 끊겠네."

나진혁은 크게 걱정할 필요는 없을 것 같다는 말을 삼켰다. 우대혁이 가진 비범함을 느꼈지만, 그건 그저 감일 뿐이었으니까.

전화를 끊자마자 헬기가 준비되었다는 연락이 왔다. 지부장은 옷가지를 챙겨입고 건물의 옥상에 있는 헬리포트로 향했다.

투타타타타!

프로펠러가 돌아가며 거센 소리를 냈다. 지부장은 비서를 향해 말했다.

"혹시라도 기자들이 들이닥치거나 하면 차후 기자회견을 갖거나 공식자료를 정리해서 넘겨준다고 하게. 경찰이나 청와대에서 연락이 오면 헌터를 수배해서 보냈고 나도 직접 출동했다고 전하고."

"예."

지부장이 탄 헬기는 서쪽으로 향했다.

◆

대혁은 달렸다. 듀라한 다섯과 데스나이트 다섯, 그리고 셀 수 없이 많은 스켈레톤과 좀비를 상대로 정면대결을 벌인다는 건 위험한 도박이었다.

골렘이 적절하게 뒤에서 적군의 진격을 막아줬다. 대혁은 해안가를 향했다. 달리면서 그가 생각했다.

'요즘 자주 뛰는 것 같네. 이렇게 뛰다간 육상대회에 나가도 될 것 같아.'

누가 봐도 심각한 상황이었지만, 대혁은 오히려 이런 상황이 짜릿했다. 잊혀졌던 기억이 되살아나는 것처럼 피부가 흥분으로 오솔오솔 일어났다. 하루하루 죽음과 직면해서 살던 노바틱 행성의 삶은, 그를 변모시켰다.

대혁은 또 생각했다.

'그나저나 목함이 뭐길래 이토록 집착하는 거지?'

대혁은 슬롯에 넣어둔 목함을 떠올렸다. 키워드는 리치 퀸과 부활이다. 순간 머릿속에 벼락이 쳤다.

"라이프 포스!"

대혁은 목함 안에 든 것이 리치퀸의 라이프 포스가 아닐까 라는 가정을 떠올렸다.

그렇게 얘기하면 설명이 된다. 리치퀸의 부활을 뻔질나게 떠들어대는 저 네크로맨서의 행동이.

"이거 생각보다 재밌게 돌아가는군."

네크로맨서. 리치퀸. 라이프 포스. 그리고 이주를 허가받았다는 존재들 '눌람'.

대혁의 구미를 당기는 것들이었다. 일이 재미있게 돌아가고 있었다. 대혁은 입술을 훔쳤다.

타악!

대혁이 멈춰섰다. 영종해안남로 였다. 송도로부터 일직선에 위치한 영종도의 끝부분.

대혁은 슬롯을 열었다. 남은 티타늄 큐브를 모두 꺼내 골렘으로 만들었다. 마력을 조금 더 들여 타이탄 골렘도 소환했다.

잠시 후 데스나이트들이 모습을 드러냈다.

"왜 여기지? 무슨 꿍꿍이라도 있는 건가?"

데스나이트 중 하나가 의뭉스러운 표정으로 물었다. 영종해안남로는 딱히 지형상의 이점이 있는 곳도 아니었다. 대혁은 팔짱을 끼고 선생님 같은 표정을 지었다.

"그래, 맞췄어. 머리가 제법 돌아가나 보군."

"무슨 얘기지? 설령 꿍꿍이가 있다 하더라도 우리를 상대할 수 있을 것 같은가?"

지금은 데스나이트들이 선두로 도착했지만 곧 듀라한과 좀비, 스켈레톤 병사들도 도착할 것이다.

"물론."

빵빵!

클랙슨 소리가 들렸다. 영종해안남로를 타고오던 승용차가 길을 점거하고 있는 데스나이트를 향해 울린 것이었다. 데스나이트는 그쪽을 쳐다보지도 않고 칼을 휘둘렀다. 방출된 마력이 차에 닿자마자 터져나갔다.

뒤 따라 오던 승용차들은 그 모습을 보자마자 허겁지겁 불법유턴을 시도했다.

"무슨 꿍꿍이지?"

"그런 걸 손쉽게 말해줄 것 같아? 라고 보통 사람을 말하겠지만 나는 친절하니까 설명 해주지."

대혁은 턱을 쓰다듬으며 이야기를 꺼냈다.

"인간은 말야. 도구를 사용하면서 다른 동물에 비해 압도적인 우위를 점하기 시작했어."

"……."

"도구… 무기… 자네 혹시 아나? 무기 중에서도 가장 강한 무기가 뭔지?"

데스나이트는 대답하지 않았다. 웬 뜬구름 잡는 얘기를 한다고 생각할 뿐이었다. 그때 대혁의 뒤쪽 해안가로부터 골렘들이 상륙하기 시작했다.

송도로부터 건너온 골렘 들이었다.

"총? 미사일? 탱크? 전투기? 항모?"

대혁은 고개를 저었다. 해안가를 타고 올라온 골렘 여러기가 대혁의 뒤로 도열했다. 그 중 하나의 골렘만이 가장 앞까지 나와 대혁의 옆에섰다.

그것은 대혁이 작업대 위에 올려놓고 항상 열중해 만들던 골렘이었다.

"물론 다 강한 무기는 맞아. 하지만 진짜 강한 무기는 바로…."

대혁은 의도적으로 말을 끊었다. 데스나이트들의 시선을 하나씩 맞춰 본 대혁이 말했다.

"골렘이지."

치킹! 철컹!

대혁의 옆에선 골렘의 패널이 분리되며 열리기 시작했다. 골렘의 내부는 인간하나가 탑승할 수 있도록 구성되어 있었다.

대혁이 망설임 없이 그 안으로 들어갔다.

데스나이트들이 어어? 하는 사이에 대혁은 윙크를 찡긋했다.

철컹! 철컹!

패널들이 다시 닫혔다. 대혁이 탑승한 골렘은 그대로 완전한 골렘이 되었다.

위이이잉-!

기계가 가동하는 소리가 나면서 골렘의 안구로부터 푸른 빛이 뿜어져 나왔다.

"쇼타임이다."

◆

퍼엉! 퍼엉!

여기저기서 폭음이 터졌다. 영종도해안남로는 전화에 휩싸였다. 광폭화 된 좀비와 스켈레톤이 스톤 골렘을 공격했다.

카캉! 캉!

스켈레톤 병사가 휘두르는 금속성 무기가 스톤 골렘의 몸에 닿자 불꽃이 튀었다. 스톤 골렘은 공격을 무시하고 곧바로 좀비와 스켈레톤의 머리를 박살냈다.

빠각!

스켈레톤의 뼈가 부서지고 좀비는 가슴팍이 주저앉았다. 스톤 골렘이 좀비와 스켈레톤 병사를 박살내자마자 다른 좀비와 스켈레톤이 개떼처럼 달려들었다. 한꺼번에 몰려드는 언데드 몬스터들에 골렘의 몸이 봉쇄되자 듀라한이 움직였다. 꿈틀 거리는 우람한 팔 다리는 돌처럼 단단해보였다.

퍼서석!

과연, 금속 무기도 통하지 않던 골렘의 몸이 부서져 나갔다. 듀라한의 힘은 스톤 골렘의 몸을 파괴 할정도로 강했다.

스톤 골렘이 부서지자 이번엔 티타늄 골렘이 달려들어서 듀라한과 힘겨루기를 했다.

복마전이었다. 서로가 서로에 뒤엉켜 싸움을 벌이고 있었다.

하지만 어디에서도 피는 튀지 않았다. 골렘과 언데드의 싸움에서 붉은 혈액이 낭자할 일은 없었으니까. 다만 피튀기는 싸움이상으로 전투의 양상은 치열했다.

"크큭… 아까 날 어떻게 한다고 하지 않았나?"

그 혼잡양상의 전투 속에서 유독 한 명만이 활개를 치고 있었다.

우대혁이었다. 비히클 형태의 커스텀 골렘.

자동차 같은 형태부터 시작해 원하는 대로 만들 수 있는 다양한 형태의 '탈 수 있는 골렘.'

그 중에서도 전투에 특화된 골렘을 탑승한 대혁의 움직

임은 평소보다 몇 배는 뛰어났다.

쾅! 쾅!

그가 움직이기만 해도 좀비와 스켈레톤은 육편과 뼛조각만 남기며 터져나가 산산이 비산했다.

일반적인 골렘과는 차원이 다른 움직임이었다.

출력뿐만 아니라, 움직임 역시 강했다. 이미 S급 이상가는 신체능력을 보유한 대혁이 골렘을 직접 다루자 그 능력이 가공할만 한 것이 당연했다.

"저… 저럴 수가!"

수 많은 전투경험을 가지고 있는 데스나이트들 조차 당황했다. 뒤에서 전투를 지켜보고 있던 데스나이트는 칼에 마력을 응축해 대혁을 향해 쏘아보냈다.

"하찮군."

대혁은 골렘에 탑승한 채로 손을 휘저었다. 검기가 궤도를 틀어 좀비가 있는 쪽으로 날아갔다.

퍼퍼펑!

좀비와 스켈레톤 몇 마리가 검기를 맞고 죽어나갔다.

"……."

데스나이트들은 침을 꼴깍 삼켰다. 그때였다.

퍼어어어엉!

유독 좀비와 스켈레톤이 밀집되어 있던 곳에서 거센 불기둥이 솟아올랐다.

"구웨에엑"

잡몹들이 나가떨어졌다. 그 가운데 온몸에 불이 붙어 활활 타오르는 골렘이 있었다.

파이어 골렘.

불을 사용하는 커스텀 골렘이었다. 솟아오르는 불기둥을 보고 대혁이 씨익 웃었다.

"바다를 건너와서 이제야 불이 붙는 모양이군."

파이어 골렘은 불을 자유자재로 사용이 가능했다.

여기저기 불기둥이 치솟기 시작했다. 숫적 우위는 단숨에 사라졌다. 듀라한조차도 라이프 포스 채로 불타 죽거나, 대혁에게 구타당하다가 라이프 포스가 깨져서 죽었다.

"끝이 보이는군."

대혁이 뛰어 올랐다. 단순히 땅을 박찼을 뿐인데 그의 몸이 중력을 역행해 수십 미터를 솟구쳐 올랐다.

쿠웅!

데스나이트의 바로 앞으로 육중한 골렘이 떨어져 내렸다. 대혁이 탑승한 골렘이었다.

다른 골렘보다 유연하고, 발휘할 수 있는 힘도 강했다. 내장되어 있는 무기도 있었고, 증폭술식을 새겨놓아 탑승한 채로 마법을 사용하면 몇 배나 더 강한 위력을 낼 수도 있었다.

"너는 대체 뭐지?"

데스나이트가 참담한 표정으로 물었다. 대혁이 명료하게 대답했다.

"골렘 탄 인간."

투투투투!

인스볼케이노 리조트로 헬기가 도착했다.

"고도를 좀 낮춰주게."

지부장이 조종사에게 말했다. 지상으로부터 30m 쯤으로 헬기가 내려왔다.

"헬기는 옥상에 세워두고 절대 내려오지 말게. 혹시 위험해지면 혼자 돌아가도 좋네."

지부장은 30m 높이에서 그대로 뛰어내렸다.

"생각보다 정돈이 된 상태군."

지부장은 주위를 둘러보았다. 좀비와 스켈레톤 몇 마리만 남아 주위를 배회했다.

뿌드득. 뿌득.

지부장의 팔근육이 비대해졌다.

지부장의 이명은 허큘리스. 능력은 타고난 신력에 더불어 무지막지한 피지컬 능력이었다.

지부장은 자신을 향해 달려드는 좀비를 한팔로 잡아 던졌다

퍼억!

대포알처럼 던져진 좀비는, 그 뒤로 따라오던 좀비, 스켈레톤과 함께 나가떨어졌다. 지부장은 리조트 안쪽으로 걸음을 옮겼다.

"이것들은…."

지부장은 리조트 호텔의 입구를 막고 있는 골렘을 보며 중얼거렸다.

실물로 보는 건 처음이었지만, 분명히 우대혁이 부리는 골렘들이 분명했다.

지부장이 안으로 들어가기 위해 움직이자, 조각상처럼 미동 없이 문 앞을 막아서고 있던 골렘이 비켜섰다.

"신기하군. 그가 지킨 것인가?"

지부장이 들어오자 로비에 모여 부들부들 떨던 사람들의 시선이 집중됐다. 지부장은 숨을 크게 들이쉬고 사람들의 이목을 모았다.

"시민 여러분! 헌터협회 한국지부장입니다. 이제 걱정하지 않으셔도 됩니다!"

"사, 살았다!"

"우린 이제 살았어!"

사람들이 눈물을 흘리며 기쁨의 환호성을 질렀다. 지부장은 잠시 서서 이제 어떻게 해야할지 생각했다.

이대로 정리가 된 것인가? 아니면 전장이 옮겨진 것인가?

그때 중년의 남성 한 명이 다가왔다.

"그런데 그 남자는 어떻게 됐습니까?"

"어떤 남자 말씀이죠?"

"그… 지부장님이 오시기 전에 혼자 리조트밖으로 몬스터를 유인한 남자 말입니다. 사실은 그 남자가 없었으면 저희는 다 죽은 목숨이었습니다."

남자의 말에 로비 바닥에 앉아 있던 여자아이가 말했다.

"맞아요! 그 아저씨가 우리 살려줬어요."

대여섯 살 정도 되는 꼬마아이였다. 아이가 눈을 초롱 초롱 빛냈다.

"맞아! 요즘 인터넷에서 유명한 헌터잖아!"

"골렘을 부리는 헌터요. 이름이 뭐였드라? 하여간 그 헌터가 저희들을 구했어요. 저기 입구에서 골렘들이 지켜주고 있잖아요."

다른 사람들도 한 마디씩 보탰다. 지부장이 중년남성에게 물었다.

"그가 어디로 갔습니까?"

"글쎄요. 리조트밖으로 몬스터를 데리고 간 것은 확실합니다. 그리고… 아마 제 생각이지만 빼빼마른 남자가 있었는데… 그가 뭐하는 자인지 모르겠지만 그 사람이 좀비와 스켈레톤을 만들어내는 것 같았습니다."

'네크로맨서!'

지부장은 이 사단을 일으켰을 네크로맨서를 떠올렸다.

"곧 병력들이 도착할겁니다. 지금은 이곳이 가장 안전하니 그대로 대기하시고 계시면 됩니다."

"지부장님은 어디 가시나요?"

"저는 다른쪽으로 피해가 확산되지 않게 하겠습니다."

지부장은 리조트 옥상으로 올라갔다. 기다리고있던 헬기

조종사에게 말했다.

"영종도 전체를 한바퀴 돌아주게. 여길로 끝이 아닌모양이야."

"예."

곧 헬기가 이륙했다.

◆

인스볼케이노 리조트에서 시작해 영종해안남로에서 확전된 거대한 격전이 슬슬 막을 내리고 있었다.

"네 주인은 어디 있지? 숨어서 지켜보고 있는 건가?"

남은 좀비와 스켈레톤은 골렘이 하나씩 잡아 죽이고 있었다. 듀라한은 이미 모두 죽었다. 데스나이트 넷은 소멸했고, 하나가 남았다.

대혁은 마지막 데스나이트의 목을 잡아 들어올렸다. 데스나이트는 죽음을 두려워 하지 않았다.

"죽여라."

"눈물 나는 충정이군. 약이라도 먹었나? 어떻게 하나같이 입을 닫을 수가 있지?"

"……."

"이봐. 착각하지 마. 니 주인이 네크로맨서라고 무한정 살려낼 수 있는 거 아냐. 라이프 포스가 깨지면 네 존재는 소멸하는 거라고."

"알고 있다."

"그럼 죽어."

옆에서 대기하고 있던 파이어 골렘이 불을 뿜었다.

화르르륵!

데스나이트는 불에 타서 꿈틀거렸다. 대혁은 데스나이트를 바닥에 집어 던졌다.

"이쯤 되면 정리가 되가는 건가?"

대혁은 아직도 전투중인 골렘들을 돌아보았다. 전투라는 말이 무색할정도 일방적인 '학살'에 가까웠다.

골렘 마이스터 우대혁.

노바틱 행성 전체를 뒤흔들었던 1인군단의 위용이 지구에서도 어느정도 되살아나고 있었다.

"리치퀸을 살린다는 녀석이 도망갔을 리는 없고."

네크로맨서의 행방이 궁금했다. 대혁은 하늘을 올려보았다. 아직 하늘은 매직으로 칠해놓은것처럼 시커멓다.

대혁은 아이템 슬롯을 열어보았다. 목함은 아직 그대로 있었다.

'리치퀸의 라이프 포스라면 어떤식으로든 활용도가 높지. 욕심이 나는 걸.'

투다다다!

그때 상공에서 프로펠러가 돌아가는 소리가 거세게 들려왔다. 대혁이 고개를 치켜들었다. 인스볼케이노 리조트 방향으로부터 헬기 한 대가 날아오고 있었다.

"……"

헬기는 대혁이 있는 전투현장까지 오더니 멈춰섰다. 문이 열리더니 사람 한 명이 뛰어내렸다.

쿵!

"여긴 양상이 리조트 보다 훨씬 심하군. 그래도 대부분이 정리가 돼가고 있어."

지부장은 주변을 휘휘 둘러보았다. 스켈레톤 좀비 따위가 골렘에 의해 격하게 파괴되고 있었다.

"우대혁이란 그 남자… 정말 요주의 인물이군. 혼자서 이 정도 활약이라니, 그 신출귀몰한 네크로맨서를 핀치에 몰아넣은것아닌가!"

지부장은 혼자 감탄하고 있었다. 대혁은 골렘의 안에 탑승해 있는 상태였기 때문에 지부장은

"역시 그 남자를…."

철컹!

대혁은 안면 패널을 열었다.

"어이쿠!"

지부장은 깜짝 놀라서 휘청였지만 피지컬로 먹고 사는 헌터 답게 금세 균형을 되찾았다.

"그… 그 꼴은 뭔가요?"

"아, 이것도 골렘의 한 종류입니다."

"고, 골렘인 건 보면 알지만… 그게 탑승도 가능한 겁니까?"

"종류에 따라서요."

지부장은 놀란 가슴을 가라앉히곤 물었다.

"대단합니다. 솔직히 이 정도로 강한 헌터일줄은 몰랐어요. 대체 어디서 뚝 떨어진건지… 한국 최고의 헌터는 스페셜리스트 정세건이라고 생각했는데 이거 그와 자웅을 겨룰지도 모를 헌터인 것 같습니다. 우대혁씨는."

"칭찬인지는 모르겠군요."

이미 행성을 제패했던 대혁에게 고작 일국의 헌터를 비교한다는 것 자체가 어불성설이었다. 하지만 그런 사실은 모르는 지부장은 손을 내저어가며 역설했다.

"그럼요! 칭찬이구 말구요. 아주 탐나는 인재입니다…."

"고맙네요."

"네크로맨서는 어떻게 된 겁니까? 이런 참사를 벌이다니. 이건 정말 큰 일입니다. 중동이나 남미면 몰라도 국내에서 블랙헌터와 관련된 인물이 이런 난동을 부린 건 처음있는 일입니다. 아마 이건 국제적인 사건으로 조명될 거예요."

"네크로맨서는 저도 모르겠습니다. 보시다시피 언데드 몬스터만 잔뜩 앞세워놓고 꽁무니를 뺐는지 보이질 않네요."

"그런가…."

지부장은 말 끝을 흐리며 슬며시 본론을 꺼냈다.

"그나저나… 맡긴 물건은 우대혁씨가 가지고 있다고 들었습니다. 아직 잘 보관중이겠죠?"

"……."

대혁은 얼른 대답하지 않았다. 이 순간 그는 짧은 고민에 빠졌다.

리치퀸의 라이프 포스. 대혁의 예상대로 이것이 라이프 포스라면 앞으로 꽤나 큰 가치를 지니게 될 것이다.

대답을 재촉하는 눈빛으로 대혁을 쳐다보았다. 대혁은 결정을 내렸다. 그가 입을 열 때였다.

풋!

레이저같은 검은기운이 보이지 않는 먼곳에서부터 쏘아 졌다.

그 기운은 지부장의 몸을 그대로 관통해버렸다.

◆

지부장은 단말마조차 내지르지 못하고 그 자리에 허물어 졌다. 대혁이 무릎을 꿇고 지부장의 상태를 살폈다.

"지부장님."

지부장은 대답하지 못했다. 골렘들이 두 사람을 빙 둘러 벽을 만들었다.

대혁은 엎드려 있는 지부장을 돌려 뉘였다. 상세가 한눈 에 보였다. 레이저가 관통한 것은 왼쪽가슴이었다. 출혈이 심했다. 이미 흘러나온 혈액으로 바닥이 흥건했다.

대혁은 귀를 지부장의 코에 가까이 가져다 대었다.

"……."

숨을 쉬지 않는다. 지부장은 방금의 요격으로 즉사한 것 같았다.

죽은 사람을 되살릴만한 기술이 대혁에겐 없었다. 대혁은 지부장을 내려놓고 일어섰다.

이제 신경써야할 것은 네크로맨서다. 숨어서 공격을 발출해 지부장을 단숨에 죽여버린 네크로맨서.

어디서 또 대혁을 공격할지 몰랐다.

그런데 대혁의 생각과는 다르게 루번은 순순히 모습을 드러냈다. 유령처럼 나타난 그가 말했다.

"우대혁. 노바틱 행성에 있을 때 보다 약해진 건 같긴 하지만… 역시 우습게 볼 인물은 아니구나."

"그걸 알면서 내 성질을 이렇게 긁어놓나?"

빙둘러있던 골렘의 벽이 열렸다. 대혁은 살의를 담아 루번을 쏘아보았다. 루번 역시 지지 않고 대혁의 눈을 마주보았다.

둘의 시선이 팽팽하게 얽혀들었다.

"그건 우리 물건을 멋대로 강탈한 쪽에서 할 말이 아닌 것 같군."

"아… 라이프 포스 말이지?"

"……."

대혁은 의표를 찔렀다. 포커페이스를 유지하던 루번조차도 이 순간은 표정이 흔들렸다. 대혁은 계속해서 떠들었다.

"목함에 든 게 설마 리치퀸의 라이프 포스일 줄이야!

꿈에도 생각 못했어. 라이프 포스라면 영종도 전체를 어지럽히며 모두의 표적이 되는 위험을 감수할만도 하지."

"헛소리!"

루번이 외쳤지만 이미 부질없는 일이었다. 대혁은 확신을 굳혔다.

"하지만 내가 목함을 지키고 있었다는 건 계산에 넣지 못했겠지."

철컹!

대혁이 안면패널을 닫았다. 더 할 얘기는 없었다. 루번을 이대로 끝장내버릴생각이었다.

"사람들을 죽인 죗값을 치루란 말 따윈 하지 않으마. 그런 성격도 아니고. 하지만 리치퀸의 라이프 포스는 내 마음에 들어버렸어. 되찾아 가려면 그만한 각오를 하는 게 좋을 거야."

"······."

루번은 대답하지 않았다. 대혁의 뒤쪽으로부터 지부장이 천천히 일어섰다.

찌직. 찍.

근육이 커지며 상의가 찢어져 나갔다. 지부장의 몸이 헐크처럼 비대하게 부풀어 올랐다. 살갗아래로 검은 핏줄이 툭툭 불거져 나왔다. 루번의 네크로맨시에 의한 부활이었다.

루번이 말했다.

"돌려줘야 할 것이다."

＊

스페셜리스트 정세건. 철저한 프로중에서도 프로. 세계가 인정하는 한국의 초정예헌터다. 분류상 S급 헌터이지만 사실은 S급헌터에 묶기가 민망할정도의 강자였다. 세계엔 그런 헌터들이 있다. 사실상 S급 상위의 헌터. EU의 다국적길드 '더 노블원' 소속중에서도 '노블레스' 팀의 헌터. 헌터협회 본부의 탑랭커 오십 명. 중국의 길드 '금의룡맹'의 4대 호법헌터 등….

천외천. 세계밖에 존재하는 또 다른 헌터. 정세건은 한국에서 유일하게 상기의 헌터들과 같은 평가를 받는 헌터였다.

그가 전화 한 통에 벌떡 일어났다. 영종도에서 일어난 사단을 알리는 전화였다. 한국에서 일어난 세 번의 던전브레이크를 모두 겪은 정세건이었다.

몬스터가 던전밖으로 나오면 어떤 참사가 일어나는지 누구보다도 잘 알고 있었다.

정세건은 몬스터를 박멸하고 민간인을 구원하기 위해 힘이 닿는 한 노력했다.

딱히 공명심이 있는 건 아니었다. 다만 그는 병적으로 고통받는 인간들 지켜보기 힘들어 하는 성격을 갖고 있었다.

영종도로 떠날 채비를 한 정세건은 어딘가로 다이얼을 눌렀다.

–우웅… 웬일이야? 전화를 다 주고.

수화자는 윤나영. S급 헌터. 현재는 영종도 파라다이스 플레이스라는 리조트에 묶고 있었다

영종도는 경자구로 지정된 국책사업이 지지부진해진 이유 민간주도로 리조트-내, 외국인 카지노 사업을 벌여, 성공적으로 정착했다. 파라디스 플레이스는 인스볼케이노 리조트의 반대편에 위치한 리조트였다.

정세건이 말했다.

"잤어?"

–응. 어제 밤 늦게까지 포커 돌리다가 동 틀 때 다되어서야 잠들었어. 룸서비스 먹고.

"피곤해?"

–당근. 근데 왜?"

"해줄 일이 있어."

–그럼 그렇지. 정세건이 부탁이 아니고서야 먼저 연락할 일이 없지. 뭔데?"

"실은 지금 영종도에…."

정세건은 영종도에 벌어진 사건을 전달했다.

–세상에! 그런 일이 벌어지는 동안 아무것도 모르고 자고 있었다니.

수화기 너머가 부산스러워졌다. 윤나영이 부스럭거리며 옷을 챙겨입는게 느껴졌다. 윤나영이 물었다.

–너도 올 거지?

"나는 준비 끝났어. 가기 전에 연락한 거야.

ㅡ그래, 이따 보자.

통화를 끊은 정세건은 곧장 자신이 사는 주택의 옥상으로 올라왔다.

정세건은 신고 있는 신발에 마나를 주입했다. 우우웅 거리며 마나를 흡수한 신발로부터 자그마한 빛의 날개가 돋아났다.

신발의 영향으로 조금씩 몸이 부유하더니, 일정 높이에서 정세건의 몸이 탄환처럼 쏘아졌다.

◆

루번 네크로맨서. 67세.

그는 아직 인간이었다. 어둠의 마력을 다루고 높은 성취를 이룬탓에 노화가 상당히 정체되어 있었지만 언젠가는 죽음 맞이할 것이다.

루번이 리치퀸 파모라를 만난 건 50년 전이었다. 그때, 루번은 몬스터를 피해 살아남기 급급한 소년이었고, 파모라는 이미 절정의 마도사였다.

루번은 몬스터를 가볍게 처리하는 파모라의 모습에 깊은 감명을 받았다. 그 후로 무턱대고 파모라를 섬기겠다고 따라나섰다.

그녀는 루번을 귀찮아했다. 몇 번이나 내치고 쫓아오면

죽이겠다고 협박했지만 루번은 포기하지 않았다.

결국 그녀가 승복한 것은 루번의 끈기 때문이 아니었다. 루번의 재능 때문이었다. 루번은 흑마법에 재능이 있었다. 그 중에서도 영혼을 불러들이고 시체를 다시 일으키는 강령술, 즉 네크로맨시에 출중한 능력을 보였다.

파모라는 루번을 받아들여 흑마법을 가르쳤다.

빠른 속도로 흑마법을 습득한 루번은 그녀가 리치화할 때도 큰 도움을 줬다.

루번은 자신이 파모라의 도움이 될 수 있다는 사실을 행복하게 여겼다.

"커헉!"

루번이 피를 토했다. 허억 거리며 거친 숨결을 토해낸 루번이 손등으로 피를 닦았다. 비틀거리던 루번은 나무를 짚고 버텼다.

"피가 붉군. 본인은 의외로 아직 인간인 건가?"

대혁이 중얼거렸다. 데스나이트 다섯을 상대로도 육탄전으로 압도적인 승리를 거머쥔 대혁이었다. 이미 권속을 대부분 잃은 네크로맨서가 1:1로 대혁을 상대한다는 것 자체가 언어도단이었다. 루번 역시 그 사실을 잘 알고 있을 터였다.

그럼에도 불구하고 덤벼드는 건 자신의 생명보다도 리치퀸 파모라를 되살리고자 하는 염원이 컸기 때문이다.

"비… 빌어먹을."

루번이 씹어뱉듯이 말했다. 기나긴 여정이었다. 파모라를 동경하고, 그 감정이 연모로 바뀌고… 다시 그 감정이 점점 깊이를 더해가는 긴 시간. 파모라에게 표현은 하지 않았지만 루번은 그녀에게 충심이상의 감정을 가지고 있었다.

봉인된 파모라의 신체를 찾고, 라이프 포스를 찾아 이주자 '눌람'이 됐을 때.

그리고 자신을 도와줄 조력자들이 있는 '레버넌트'에 의탁해 라이프 포스의 행방을 추적할 때.

루번은 다시 한 번 파모라를 만날 수 있다는 사실에 온몸을 떨었다.

하지만 산산이 깨져나갔다.

"추억이나 회한 따위에 젖어 있는 눈이군."

대혁은 싸움을 잠시 멈추고 중얼거렸다. 루번의 낯빛이 낯설지 않았다. 노바틱 행성에서 지구를 그리워할 때의 대혁. 그때의 얼굴이 겹쳐보였다.

카카칵!

뒤편에선 한 창 전투가 치열했다. 네크로맨시의 영향을 받아 날뛰는 지부장은 골렘들을 상대로 선전하고 있었다.

한국지부장이라는 감투를 쓰고 있을 만한 실력자였다. 루번이 보태준 암흑마력의 힘까지 보태지자 데스나이트보다도 몇 배는 강한 힘을 보였다.

하지만 대혁의 골렘들을 떨쳐낼 정도는 아니었다. 골렘들이 지부장을 상대하는 사이에, 대혁은 루번을 핀치에 몰아넣을 수 있었다.

"…파모라를… 그녀를 반드시 되살린다."

"가증스럽군."

"……"

"혼자 피해자나 순정영화의 주인공이나 되는 것처럼 떠들지마. 네 손에 죽어나간 사람들은 떠올려봤나? 그들의 가족은? 오늘이 아니라 그동안 네 손에 죽어나간 헌터나, 내가 모르게 죽은 사람도 다 셀 수 없을 만큼 많겠지."

대혁은 주먹을 꽉 쥐었다. 그의 움직임을 따라 대혁이 탑승하고 있는 골렘도 주먹을 쥐었다.

"너는 약해서 나에게 죽는다. 리치퀸의 부활도 물 건너갔지. 이게 단순한 진리다."

대혁이 탄 골렘이 움직였다. 쿵쿵! 땅을 찍으며 골렘이 움직였지만 루번이 할 수 있는 일은 몇 가지 없었다. 남은 힘을 짜내어 검은 마력의 레이저를 쏴봤지만 비히클 골렘의 외갑을 조금 패냈을 뿐이었다. 그나마도 금세 수복되었다.

"쉬어라."

대혁은 말아쥔 주먹으로 루번의 턱을 쳤다. 뇌가 크게 흔들리고 루번은 시계가 점점 좁아지는 것을 느꼈다.

"파모라-!"

절규처럼 리치퀸의 이름을 내지른 루번은 그대로 죽음을 맞이했다.

대혁은 잠시 서서 그의 시체를 내려다보았다. 손끝에 느낌이 걸렸다. 루번은 뇌가 곤죽이 되어 완전한 죽음을 맞이했다.

"끝인가…."

그가 조그맣게 중얼거렸다.

해안남로를 타고 레인지로버 스포츠 SVR이 달려왔다. 레인지로버는 싸움이 마무리 지어져 가는 현장에 멈춰섰다.

차 문이 열리고 단발로 자른 새까만 태닝피부의 여자가 내렸다. 윤나영이었다.

"지부장님?"

그가 발광하며 날뛰는 지부장을 보며 중얼거렸다. 골렘이 지부장을 저지하고 있었고, 좀비나 스켈레톤 따위의 시체가 여기저기 널부러져 있었다.

윤나영은 즉시 자신의 무기를 꺼내들었다. 새하얀 끈. 천잠사라는 특수한 실로 짜낸 이 끈은 웬만해선 끊어지지 않는다. 그녀는 침을 삼키고 조금씩 지부장의 전투 가까이로 다가갔다.

끈으로 펼치는 박법은 윤나영의 장기였다. 기회를 엿보던 윤나영은 박법으로 지부장의 몸을 포박했다. 골렘들과 싸우는 빈틈을 파고든 끈은 손쉽게 지부장을 묶었다.

"크아아아아!"

지부장이 짐승처럼 울부짖었다. 하지만 천잠사 끈으로 꽁꽁 얽매여져 움직일 수 없었다.

"…흑마법의 일종인가? 아직 되돌릴 수 있을 것 같은데."

박법은 윤나영의 주력이 아니었다. 그녀의 진정한 능력은 성력聖力이었다.

우우웅.

끈을 타고 새하얀 기운이 스며들었다. 끈을 풀기 위해 발광을 하던 지부장의 몸속으로 녹아들듯이 빛무리가 흡수되었다. 강한 흑마법이었다. 성력을 밀어내려는 반발력이 느껴졌다. 윤나영은 흑마법을 깨기 위해 있는 대로 힘을 쏟아부었다.

"……."

잠시 후, 지부장의 몸에 문신처럼 새겨져있던 검은 핏줄이 가라앉았다. 광기로 번들거리던 붉은 눈동자도 정상으로 돌아왔다.

지부장은 의식을 잃은 채로 바닥위로 누웠다. 윤나영은 끈을 풀고 지부장을 살폈다.

"헉… 됐…어."

대혁이 그 모습을 지켜보고 있었다. 그가 혼잣말처럼 중얼거렸다.

"조종하기 쉽도록 가사상태로 만들었던 건가?"

"허억?"

골렘이 말을 하자 윤나영이 깜짝 놀랐다. 그녀가 고개를 치켜들고 대혁이 탑승하고 있는 골렘을 올려보았다.

"누, 누구에요?"

"골렘 마이스터. 우대혁씨군."

대답은 대혁이 하지 않았다. 어느새 현장에 도착한 스페셜리스트 정세건이, 도로에 내려앉으며 말한것이었다.

◆

사건으로부터 여섯시간 후.

대통령은 긴급 담화문을 준비했고, 뉴스와 인터넷은 사건에 대한 이야기로 떠들썩했다.

그 중에서도 우대혁의 이야기는 단연 화젯거리였다. 리조트 관광객들이 찍은, 우대혁이 네크로맨서를 상대한 핸드폰 촬영 영상과 맞물려 사실상 우대혁이 사건을 진화했다는 루머가 떠돌았다. 그리고 그것은 사실 루머가 아니라 사실이었다.

네티즌은 열광했다. 얼마전 이촌역 던전 공략으로 한창 인터넷을 달궜던 우대혁이, 연달아서 빅케이스를 해결한 것이었다.

정부와 군, 경이 공조해 긴급히 꾸린 담당 대책반이 사후처리를 맡고 있었다. 부상자들을 호송하고, 사상자들의 명단을 작성해 친족과 연락을 취했다. 사건장소는 군인들이 민간인의 통제를 금지하고 있었다.

정부소속 헌터 몇 명도 혹시 모를 블랙헌터의 추가적인 습격에 대비했다.

영종해안남로.

민간인 피해는 그나마 경미했지만 가장 큰 싸움이 일어났던 곳.

"어? 야. 거기 들어가면 안 돼."

바인더 라인으로 사건현장의 출입을 통제하고 있었지만, 조그마한 소년이 안으로 쏙 들어가버렸다.

"야! 안 된다니까."

서류철을 들고 뭔가를 기록하던 조사원이 소년의 어깨위로 손을 얹었다. 그 순간이었다.

파지직!

스파크가 튀더니 벼락에라도 맞은것처럼 조사원의 몸이 순식간에 새까맣게 타들어갔다.

"뭐, 뭐야!"

조사원이 숯검댕이 되자 마자 현장을 조사하던 다른 인원들이 비명을 지르며 달아났다. 십 수 미터 밖에서 현장을 지켜보고 있던 헌터 하나가 깜짝 놀라 달려왔다.

소년은 그들을 무시하고 루번의 사체를 내려보며 중얼거렸다.

"루번. 꼴사납군."

소년이 루번의 사체를 들러멨다.

"이 놈의 시체는 내가 가져간다."

"멈춰!"

헌터가 창을 찔러가며 소리쳤다. 그러나 창 끝은 소년에게 닿지 않았다.

빠지지직!

시퍼런 전광電光이 땅으로 부터 하늘로 거꾸로 치솟아 올랐다.

그리고, 번갯불이 사그라든 자리엔 루번의 사체와 소년이 사라져 있었다.

2. 파쿨타템

2. 파쿨타템

"지금 너희들이 하는 일은 일백에 달하는 사상자를 낸 대참사현장을 조사하는 거야! 그런데 그 현장을 훼손 당했다고? 지금 하는 일이 장난 같아?"

"…죄송합니다."

영종해안남로의 책임자가 추궁당하고 있었다. 문책자는 꼬장꼬장한 인상의 중년남성이었다. 그가 삿대질을 하며 목울대에 핏줄을 세웠다.

"죄송하다는 말로 통할 사안이야? 이딴식으로 일처리를 막장으로 하면 시민들이 어떻게 보겠어?"

"죄송합니다."

"여섯 시간이야. 고작 여섯 시간! 일이 마무리된지 하루도 채 되지 않았는데 이따위로 개판을 치다니!"

책임자는 연신 고개를 조아리며 앵무새처럼 죄송하다는 말만 반복했다. 그럴때마다 중년남성은 분기를 토해냈다. 삿대질을 하고, 한숨을 푹푹 내쉬고, 책임자의 이마를 손가락으로 쿡쿡 밀었다.

책임자가 질책당하는 모습을 뒤에서 가만히 지켜보던 젊은 남자가 한 발 앞으로 나섰다. 그는 새빌 로 스타일의 정장을 입고 짙은 선글라스를 끼고 있었다.

"대책본부장님. 그 정도면 충분히 알아들으셨을 겁니다. 조금 가라앉히세요."

"큼큼. 그런가요?"

대책본부장이라는 중년남자가 헛기침을 했다. 책임자에게는 큰 소리를 치던 본부장이 젊은 남자에게는 약한 모습을 보였다. 그럴 만도 했다. 남자의 정체는 헌터협회 본부에서 파견된 헌터였다. 장도원. 한국계 미국인 출신인 그는 엘리트 헌터중에서도 엘리트였다. 마침 일본에서 파견 업무를 보고있던 그에게 협회는 영종도에서 선결해야 할 일을 내렸다.

대책본부장에겐 장도원이 헌터협회 출신의 엘리트 헌터이니 만큼 최대한 협조하라는 상부의 명도 떨어진 상태였다. 대책본부장이 약한 모습을 보이는 게 이상한 일이 아니었다.

장도원은 영종해안남로의 조사책임자에게 부드러운

어조로 물었다.

"얼핏 얘기를 듣긴했습니다만… 번개를 부리는 소년이 왔다갔다고요?"

"예. 저도 깜짝놀랐습니다. 동철이가… 아! 동철이는 조사원중 하나인데 변을 당한 녀석입니다. 싹싹하고 예의바른 녀석이었는데…."

책임자의 눈시울이 슬쩍 붉어졌다. 코를 쿨쩍거리는 그를 대책본부장이 못마땅하게 바라봤다. 장도원은 어린아이를 달래듯이 말했다.

"혹시 그 소년이 이 사진의 소년이 맞습니까?

장도원은 자신의 스마트폰을 꺼내 사진을 한 장 보여줬다. 작은 체구의 소년. 피부에 물비늘같은 것이 있고 파충류처럼 동공이 세로로 길쭉했다. 검은 머리는 아무렇게나 비죽거렸다.

책임자는 단지 사진을 보는 것 뿐인데도 압도당해 말을 더듬었다.

"이, 이렇게 자세하게는 보지 못했으나… 덩치나 머리스타일이 비슷한 것 같긴 합니다."

장도원이 고개를 끄덕였다. 확인절차였을뿐이다. 네크로맨서. 그리고 이 소년. 모두 레버넌트라는 카테고리에 묶이는 인물들이다.

"그런데 시체는 왜 가져간 것 같습니까? 혹시 회생의 여지가 있었습니까?"

"그것은 저도 잘 모르겠습니다. 하지만 생물학적으로 확실히 숨을 거둔 상태였습니다."

"그렇군요. 잘 알겠습니다."

턱매를 만지작 거리며 장도원은 혼잣말처럼 중얼거렸다.

"회생의 여지가 없는 시체. 무슨 목적으로 그들이 시체를 수거해 갔을까."

◆

"왜 시체를 가져갔냐고? 자기들만의 의전을 위한 거겠지. 아니면 장례식이라도 치루기 위한 것이던가."

전성업의 질문에 대혁은 무심하게 대답했다. 루번은 언데드가 아닌 인간이었다. 붉은 피를 흘리는.

대혁은 골렘에 탑승한 채로 루번의 뇌를 묵사발로 만들어놨다.

뇌를 묵사발내기 전에도 온몸에 중상을 입힌 상태였다. 그대로 놔둬도 죽는 상황이었던 것이다.

회생의 여지는 없다. 단언할 수 있었다.

"그런가요? 뭐, 형님이 그렇다면 그런거겠죠."

전성업은 자신의 라인을 통해 영종도의 소식을 실시간으로 대혁에게 전달했다. 인터넷기사나 뉴스보다 훨씬 빨랐다. 가공되지 않은 날 것 그대로의 정보. 웬 소년이 나타나 조사원 한명을 전깃불로 태워죽이고, 시체를 데려갔다는 사실 역시, 전성업은 여과없이 그대로 대혁에게 전했다.

마침 한 발 늦게 영종도의 실황중계가 매장에 걸려있는 TV를 통해 흘러나오고 있었다.

-방금 들어온 소식입니다. 영종도 참사의 사후조사를 하던 조사원 한 명이 사망했다고 합니다. 사인은 조사도중 이유 모를 폭발에 의해…

"네 말이 맞다면 저건 거짓말이군."

"예. 맞아요. 또 다른 블랙헌터에게 감전되다 못해 온 몸이 타서 죽었다는게 팩트죠."

"……."

영종도의 사건이 끝난 이후, 지부장은 병원으로 곧장 실려갔다. 스페셜리스트 정세건과 또 다른 S급헌터 윤나영. 그리고 속속 다른 헌터들과 군, 경이 도착했다. 이미 대혁이 상황정리를 모두 마친 뒤에 뒷북이나 마찬가지였지만.

대혁은 뒷수습은 그들에게 맡기고 영종도를 떠나 전성업을 만나 술을 한 잔 마시고 있었다.

"형님에게 배팅한 것이 점점 잘한 것이라는 실감이 오고 있네요. 정말 큰 일 해결하셨습니다."

대혁은 생맥주를 그대로 원샷해버리고 전성업에게 말했다.

"오늘은 그만 가봐."

"피곤하신가요?"

"그것보다도 오늘은 가볼 데가 있어."

"어디요?"

"집에. 안그래도 한 번 들린다고 했는데, 시간 난 김에 들어가보게."

"아… 뭐지 이건? 일을 끝마치고 집에 들어가는 가장같은 느낌이네요."

"왜? 이상한가?"

"아뇨. 상당히 인간적으로 느껴져서."

둘은 펍에서 일어났다. 얼마전까지만해도 전성업을 보면서 웅성거리던 사람들이었지만, 오늘은 우대혁을 힐긋힐긋 보는 시선이 더 많았다.

◆

다음 날.

대혁은 갈증에 잠에서 깼다. 어제 늦은 시간까지 삼겹살을 안주로 대작을 한 대혁이었다. 거실로 나오자 빈 소주병 몇 개가 너부러져 있었다.

대혁의 술친구였던 강정숙이 술 병 사이에서 늘어져 있었다. 대혁은 냉장고에서 보리차를 꺼내 마셨다.

"부어라! 마셔라!"

방으로 들어가려는데 강정숙이 잠꼬대를 했다. 대혁이 강정숙을 보곤 피식 웃었다. 그리고 안방에서 이불을 가져다 덮어주곤 방으로 돌아왔다.

방으로 돌아온 대혁은 스마트폰을 꺼내들었다. 오랜만에 헌터인벤 어플을 실행시켰다.

몬스터나, 던전, 헌터에 관해 상세한 정보가 있는, 헌터만 이용할 수 있는 최대 규모의 어플.

대혁은 그 중 던전과 아티팩트에 대한 정보가 있는 과금형정보를 구독했다. 페이를 통해 결제를 하고 목록을 주욱 훑었다.

"대만,체코, 터키, 멕시코, 호주…."

대혁은 나라들을 체크해나갔다. 필요한 아티팩트가 분포해있는 던전이 있는 나라들이었다. 대혁이 찾고 있는 아티팩트는 바로 '아르실라'.

아르실라는는 커스텀 골렘의 신체를 구성하는 재료중 하나였다.

그 중에서도 영혼감응력이 가장 좋은 재료였다. 영혼을 담거나 지능이 높은 골렘을 만들 때, 주로 사용하는 재료. 그리고 조형도 상당히 정밀하게 할 수 있었다. 일반적인 골렘처럼 투박한 생김새가 아니라 정말 인간같은 질감을 표현할 수 있었다.

"대부분의 던전이 난이도는 상당히 높은 편이군."

아르실라가 나오는 던전의 난이도는 대부분 4티어 이상이었다. 아르실라는 고급 아티팩트이니만큼 나오는 던전이 고티어 일 수밖에 없었다.

"3, 4티어라."

대혁은 해당 던전을 모두 체크하고 옷가지를 챙겨입었다.

◆

　대혁이 찾은 곳은 한국대학병원이었다. 최고의 의료진이 최상의 의료서비스를 제공하는곳으로 지부장이 입원해 있는 곳이기도 했다.

　의식을 차린 지부장은 사건에 대해 묻기 위해 바로 대혁을 찾았다고 한다.

　"한만식…."

　지부장의 병실은 독실이었다. 병실에 들어가기전 대혁은 명패에 적힌 지부장의 이름을 중얼거렸다. 그러고보니 이름은 처음보는 것 이었다.

　"우리의 영웅이 왔군요."

　대혁이 들어오자 지부장이 말했다. 아직 거동이 불편해 보였지만 안색은 많이 회복한 상태였다. 대혁이 물었다.

　"몸은 괜찮으십니까?"

　"심장을 빗겨맞아서 다행입니다. 의사 소견으로는 조금만 더 심장에 가까이 맞았다면 그대로 요단강을 건너버릴 뻔 했다고 하더군요."

　남의 얘기라도 하는것처럼 지부장은 껄껄 웃었다. 병실에는 지부장만 있는 게 아니었다. 스페셜리스트 정세건,

그리고 모르는 얼굴이 하나 더 있었다. 지부장이 소개 시켜줬다.

"스페셜리스트는 구면이죠?"

"예."

지부장은 바로 수트차림의 남자를 소개했다.

"이 쪽은 한국계 미국인이고 헌터협회본부에서 오신 헌터 장도원 씨."

대혁은 물끄러미 그를 쳐다보았다. 정세건에게서 뿜어져 나오는 기운이 차곡차곡 안으로 정돈된 기운이라면, 장도원은 얼음장처럼 차가운 기운을 풍겼다.

"우대혁입니다."

"말씀 많이 들었습니다. 우대혁씨. 헌터협회에서도 주목할 정도예요."

의례적인 말이 몇 차례 오가고 본론이 나왔다. 지부장이 말했다.

"우선 정말… 고맙게 생각하고 있어요. 대혁 씨가 아니었다면 피해가 훨씬 커졌을 거야."

"……."

"혹시 뉴스를 봤나요? 조사원 한 명이 원인불명의 폭발에 죽었다는 거…"

"예."

"사실은 그게 아닙니다. 네크로맨서와 같은 조직 '레버넌트'에 의해 죽은 것이지요."

"그런가요."

대혁은 전성업에게 들어 이미 알고 있는 얘기였다. 다만 어느정도 지부장의 장단을 맞춰줬다.

장도원이 대혁에게 사진을 보여줬다.

"이 자입니다. 별찌미르라고 불리지요. 백두산에서 발생한 던전에서 나타난 놈입니다. 보통 던전 브레이크가 발생하면 그 안에 있는 몬스터는 모두 쏟아져 나오기 마련이죠. 그런데 백두산 던전에선 이 녀석 하나만이 나왔어요."

장도원은 선글라스를 밀어올렸다.

"여하간 레버넌트가 이렇게 대놓고 활개를 치는 건 거의 처음 있는 일입니다. 네크로맨서는 그렇다 쳐도 별찌미르는 움직임을 거의 찾기도 힘든 녀석이었거든요."

"……."

장도원의 설명이 끝나자 지부장이 말했다.

"맡겼던 목함 말인데… 지금 가지고 있나요?"

지부장. 스페셜리스트 정세건. 그리고 헌터협회에서 파견되었다는 장도원까지 셋의 시선이 한 번에 대혁에게 집중되었다.

대혁은 머리를 긁적거렸다. 리치퀸의 라이프 포스. 저들은 아마 목함 안에 든 것이 무엇인지 모를 테지만, 대혁은 알고 있다. 그리고 그것은 넘겨주기 아까운 물건이었다. 대혁은 목함을 건네줄지, 자신이 가질지 이미 생각을 끝낸 상황이었다.

골렘의 2
장인

"전투가 워낙 격해서, 끝나고 보니 없더군요. 신경 쓸 겨를이 없었습니다."

당연히 거짓말이었다. 목함은 지금도 대혁의 아이템슬롯한 칸에 버젓이 자리하고 있었다. 대혁은 낯빛하나 바뀌지 않고 거짓말을 했다.

"아… 그랬나요."

지부장이 탄식에 가까운 말을 토해냈다.

"그렇군요. 수거를 위해 조금 더 일찍 한국을 찾았어야 했는데…."

"상대는 레버넌트의 네크로맨서였습니다. 혼전이었고, 충분히 있을 수 있는 상황이죠."

장도원의 말에 정세건이 대답했다.

"별찌미르까지 왔다는 것은 단순히 시체를 데려가기 위한 것보다도… 목함을 가져가기 위해서였을지도 모르겠군."

"아마도 그런 것 같습니다."

"그래도 혹시 모르니 리조트와 해안남로를 중점으로 수색을 해야겠어."

셋은 상황에 대해 저마다 한마디씩 했다. 대혁은 이야기를 나누는 그들의 모습을 보며 다른 생각을 했다.

리치퀸의 라이프 포스.

그것을 어디에 사용할지도 이미 구상을 마친 대혁이었다.

♦

　지부장의 부탁으로 병실에 왔던 대혁은 용건이 끝나자 딱히 할말이 없었다.

　지부장이 눈치껏 대혁을 돌려보냈다.

　"얘기해주러 여기까지 찾아와줘서 고마웠어요. 아마 네크로맨서를 처리한 일에 대해선 협회차원에서 포상금이 지급될 겁니다."

　"알겠습니다."

　"그럼 가보셔도 됩니다."

　대혁은 가볍게 목례를 하고 병실을 나갔다. 그의 뒷모습을 지켜보던 지부장이 정세건에게 물었다.

　"세건 군. 어떤가?"

　"뭐가 말입니까?"

　"자네라면 혼자서 네크로맨서를 상대해서 이길 수 있었겠는가?"

　정세건은 팔짱을 끼고 잠시 생각에 빠졌다. 머릿속에서 시뮬레이션을 돌려보는 듯 했다.

　국제적인 범죄조직 레버넌트의 위험성은 일반적인 범죄집단과는 비할바가 아니다. 그야말로 움직이는 군대나 마찬가지의 화력을 가지고 있다.

　그 중 하나인 네크로맨서.

　스켈레톤 병사와 좀비 따위의 언데드를 무수히 다루고 데스나이트나 듀라한같은 막강한 몬스터도 부리는 인물이다.

이길수 있겠느냐고?

정세건은 네크로맨서에 비교해 자신의 스펙을 떠올려보았다.

스페셜리스트 정세건.

100여 개가 넘는 무기형 아티팩트를 자유자재로 다루는 헌터. 평범한 에스터크나 총, 활 따위의 무기도 그가 다루면 치명적인 무기로 탈바꿈한다. 더군다나 그가 가지고 있는 아티팩트들은 그런 평범한 무기가 아니라 하나하나가 레어급의 아티팩트였다.

그가 다루면 탱크나 미사일같은 전략병기가 된다.

하지만… 정세건은 이 저울질에서 자신쪽으로 천칭이 기울 확률은 희박하다고 판단했다.

"제 목숨이 두 개라면 간신히 상대할 수 있을 것 같군요."

"이런! 너무 겸손떨지 말라고."

"하하하. 겸손한 게 아니라 솔직한 겁니다."

"그럼 저 남자, 우대혁이 한국에서 가장 강한 헌터가 되는 건가?"

이전까지 한국 최강의 헌터였던 정세건은 순순히 인정했다.

"…아마도요."

◆

　병실을 나온 대혁은 집으로 돌아가는 대신 송도에 있는 공방으로 향했다. 가족들의 얼굴도 봤겠다 며칠간은 다시 공방에 칩거해 골렘이나 만들 생각이었다.

　"골렘 수트도 개량을 거쳐야 할 테고."

　대혁은 자신이 탑승해서 첫 실전을 치룬 골렘 수트를 떠올리며 중얼거렸다.

　첫개시는 성공적이었지만 대혁의 마음에 들어찰 정도로 완벽히 흡족하진 않았다.

　우선 파워는 강했지만 미세한 출력조절이 힘들었다. 반사능력도 조금 부족했다. 생각을 하자마자 0.0001초의 오차도 없이 바로 움직일 수 있어야 한다.

　충격을 흡수하는 능력도 보강할 필요가 있었다.

　그리고 가장 중요한것은 이동 능력.

　지상에서의 이동능력이야 흠잡을데 없었지만 대혁은 한가지를 더 생각했다. 바로 공중.

　"비행을 할 수 있도록 해야겠어."

　하지만 그렇게 하려면 필요한 게 많았다. 우선 비행이 가능한 마법이나 아티팩트를 확보해야했고, 골렘의 중량도 줄일 필요가 있었다. 동력원도 새로운 것을 확보해야한다.

　공방에서 해야할 일이 많았다.

　골렘 수트를 개량하는 한 편 만들어낼 골렘이 또 있었다.

그것은 지구로 돌아온 후 만들어냈던 골렘중에서 아마 가장 난이도가 높은 골렘일 것이다.

"리치퀸…."

대혁은 리치퀸을 부활시킬 생각이었다. 루번이 그러려던 것처럼 그녀를 생전의 모습 그대로 부활시키려는 건 아니었다.

바로, 리치퀸을 골렘화 시킬 작정이었다. 대혁이 찾던 커스텀 골렘의 재료 '아르실라'. 아르실라는 리치퀸의 라이프 포스를 담을 몸체로 사용될 것이다.

"리치퀸의 마력을 견디면서 영혼도 담아내기 위해선 아르실라만한 게 없지."

라이프 포스엔 마력, 생명력뿐만 아니라 리치퀸의 영혼이라고 할 만한 것도 모두 담겨있다. 그걸 이용해 골렘을 만든다면 리치퀸은 리치가 아니라 골렘으로 재탄생할 것이다. 단 리치퀸시절에 사용하던 흑마법은 거의 그대로 재현할수 있는 골렘이 될 것이다.

"자아가 강해서 말은 잘 안 들을지 몰라도."

그것뿐이다. 컨트롤이 불가능한 것은 아니다. 금고아를 쓴 손오공처럼 절대적인 명령에선 벗어날 수 없다.

대혁은 '골렘'이라면 그것이 원래는 어떤 존재였건 다룰 수 있다. 만드는 과정에서 금제를 걸면 된다.

대혁은 리치퀸을 떠올려보았다. 네크로맨시뿐만 아니라 온갖 종류의 흑마법을 자유자재로 다룰 수 있는 존재였다.

대혁의 동료였던 전율의 마녀나 대지의 영웅같은 초강자들에게 견주어봐도 크게 뒤처지지 않을 정도다.

물론 1:1로 한명이 죽을때까지 싸움을 붙여놓는다면 전율의 마녀나 대지의 영웅이 승리하겠지만, 그래도.

"큰 전력이 되겠지."

대혁이 다루는 골렘들에 리치퀸이 네크로맨시로 일으켜 세운 망자들을 합하면 그 휘하 병사들의 숫자는 물경 수만에 달할것이다.

리치퀸에 대한 생각을 정리한 대혁은 이번엔 루번이 했던 말을 떠올렸다. 이주자들. 눌람.

눌람의 존재에 대해서도 알아봐야 한다. 이주를 허가받았다는 것은, 허가를 승인하는 존재도 있다는 것이었다.

아마 그가 누군지는 모르지만 던전의 관리자거나 관리자와 관계가 있는 인물일 것이다.

노바틱 행성의 주인이었던 길가메쉬같은 존재.

그 강함도 길가메쉬와 동일하다면 대혁은 지금 여유를 부릴 시간이 없다.

이대로 길가메쉬정도로 강한 자와 붙는다면 대혁이 가지고 있는 골렘은 종잇장처럼 찢어발겨질 것이다.

"후…."

하지만 성장속도는 나쁘지 않다. 이대로 차곡차곡 힘을 키우다보면, 결국엔 노바틱 행성의 절대자 길가메쉬를 꺾었던 골렘 마이스터의 모습을 되찾게 될 것이다. 어쩌면 더 강해질지도 몰랐다.

지금 강해지는 속도를 보라!

노바틱 행성에서 적응하고, 강해졌던 속도와는 비교도 되지 않을 정도로 빨랐다. 곧 대혁은 배후에서 던전을 조종하는 자를 만나, 그를 제압할 수 있을 것이다.

생각을 하는 사이 어느새 대혁은 공방앞에 서 있었다.

삑삑. 삑삑삑.

공방에 도착한 대혁은 도어락의 비밀번호를 누르고 안으로 들어가려고 했다.

"우대혁 씨."

그때 누군가 대혁을 불렀다. 낯선 목소리였다. 대혁은 천천히 뒤를 돌아보았다. 세계 3대 명차에 꼽힌다는 롤스로이스 팬텀에서 중년의 남성이 내렸다. 콧수염을 멋들어지게 기른 남자는 자신의 이름을 밝혔다.

"나는 오메가 길드의 수장 김운이라고 합니다."

'오메가 길드?'

대혁은 고개를 갸웃했다. 어디서 들어본 기억이 났다. 보일락 말락한 기억의 끝자락을 잡아당기니 전성업이 했던 얘기가 나왔다.

"형님 오메가 길드에서도 형님을 영입하기 위해 애를 쓰고 있다네요."

"오메가 길드?"

"예. 토속길드중 하나인데 급으로 나누자면 A급이에요.

한국에서 열 손가락 안에는 들어가는 길드죠."

"……."

"역시 관심 없으시죠? 그래요. 그게 바른 자세입니다. 어디에 소속되실 필요 없어요. 사실 오메가 뿐만 아니라 수많은 길드가 접촉을 위해 애쓴다고는 저번에도 말씀드렸죠."

대혁은 상념에서 빠져나왔다. 김운이 부드러우면서도 강직한 어조로 대혁에게 말했다. 김운 자신도 상당히 단련이 되어있는 헌터인 듯, 잘 차려입은 복식 안에서 단단한 신체가 느껴졌다.

"우대혁 씨를 예의 주시하고 있었습니다. 저희 길드 오메가에 대해선 들어보셨겠죠?"

"예."

대혁은 짤막하게 대답했다. 길드를 들어봤다는 대답에 김운의 표정이 살짝 밝아졌다. 어쩌면 일이 수월하게 풀릴지도 모른다는 생각이 든 것이다. 이촌역 던전을 홀로 공략했을 때부터 대혁을 눈독들이고 있던 김운이었다.

그런데 영종도에서 벌어진 사건에도 대혁이 깊숙이 연관이 되어있다고 하니 안달이 날 수 밖에 없었다.

사상 최대의 루키였다. 붙잡기만 한다면 10위권이 아니라 단숨에 3위권 길드로 도약할 수 있을만한 상품가치를 그에게 느꼈다.

'반드시 우리가 먼저 잡아야 해.'

그래서 직접 나서게 된 것이었다. 김운은 침착하게 말했다.

"그렇다면 얘기가 빨리지겠군요."

"용건이 무엇입니까?"

"긴히 드릴 얘기가 있습니다. 이건 우대혁씨에게도 큰 변곡점이 될 것입니다. 앞으로 승승장구 하실수 있는 이야기죠. 안으로 들어가서 얘기를 나눌 수 있을까요?"

김운은 약간은 자신만만하게 말했다. 한국 10대길드 오메가. 열 손가락 안에 드는 오메가 길드는 발족한지 이제 3년밖에 되지 않았다.

다른 10위권 길드에 비하면 젊은 길드였다. 성장속도도 10위권 길드에선 가장 빨랐다. 비록S급 헌터는 없지만 소속된 A급 헌터만 150여 명이 넘었다. 김운은 S급을 넘보는 A급 최상위 헌터였다.

지금도 대단하지만 향후가 더 유망한 길드인 것이다. 더군다나 대혁도 들어봤다고 하니, 일이 쉽게 풀릴거라고 생각한것이다.

그러나 대혁의 대답에 김운의 자신감은 산산이 쪼개졌다.

"아니요."

"…예?"

김운이 얼이 조금 빠져서 되물었다.

"용건이 있으시다면 빨리 말씀해주시기 바랍니다."

김운은 멍한 표정을 지었다. 대혁은 어제 전성업이 했던 말을 떠올렸다.

"이제 정말로 더 귀찮아 질 겁니다."

"왜?"

"형님은 길가에 나뒹구는 황금덩어리입니다. 무슨 얘긴지 아세요? 갑자기 나타난 이슈메이커! 태풍을 몰고다니는 남자! 이촌역에 이어 영종도 참사까지 해결한 한국의 서른 번째 S급… 아니, 그 이상일지도 모르는 헌터. 그게 형님이란 말입니다. 그런데 그 헌터가 소속된 기관이나 길드가 없죠. 이게 무슨 말인지 아시겠습니까? 형님을 데려가기 위해 다들 악착같이 들이댈 거란 말입니다."

김운이 그랬다. 명백한 문전박대에도 쉽게 물러서려고 하지 않았다.

"아직 이야기를 들어보시지도 않고…."

김운이 짝짝 박수를 치자 팬텀의 운전석에 타고 있던 남자가 내렸다. 그는 사각형의 알루미늄 브리프 케이스 두 개를 들고 김운의 뒤에 섰다.

"10억입니다. 저희 길드에 들어오신다는 계약서만 작성하시면 이 돈을 즉시…."

"됐습니다."

"예?"

"필요없으니까 가지고 돌아가시죠."

생각외로 단호한 대혁의 태도에 김운은 쩔쩔맸다. 그

역시 오메가 길드에선 상석에 앉아 시가를 피는 상남자였다. 하지만 대혁의 태도가 너무도 칼같으니 어안이 벙벙했다.

그저 금붕어처럼 입만 뻐끔거릴뿐이었다.

대혁은 김운을 놔두고 공방안으로 들어갔다. 김운이 허망하게 손을 뻗었다가 내렸다.

리치퀸으로 골렘을 만들기 전에 해야할 일이 한 가지 있었다. 바로 이차원의 보고(寶庫) 파쿨타템을 다시 여는 일이었다.

아르실라를 구하기 위해선 해외 던전으로 원정을 가야할텐데 그 방비를 단단히 할 셈이었다.

대혁이 생각을 떠올리자 곧바로 골렘이 움직이기 시작했다. 골렘과는 정신으로 연결되어 있기 때문에 텔레파시처럼 정보를 주고받는 것이 가능했다.

아이언 골렘이 씨오싸를 담았던 상자와 장방형의 박스를 가지고 왔다. 뚜껑을 여닫을 수 있고, 내열성이 강한 소재로 만든 박스였다. 대혁은 박스의 뚜껑을 열었다. 그리고 그 안에 마나스톤 열 개 와 씨오싸를 집어넣었다.

"자, 다음."

벽면 한 쪽에 장식처럼 서 있던 골렘이 뚜벅 뚜벅 걸어왔다. 현무암처럼 검고, 구멍이 송송 뚫려 있는 골렘은 바로 파이어 골렘이었다.

"가열!"

대혁이 명령을 내리자 파이어 골렘의 몸이 이글이글 끓어 오르기 시작했다. 신체의 구멍에서부터 라이터를 킨 것처럼 작은 불길에 풍풍 살아나더니, 몸 전체를 뒤덮었다. 파이어 골렘은 박스를 향해 손을 뻗었다.

"딴 데 태우지 않게 화력 잘 집중하고."

대혁이 한마디 추가하자 골렘은 머뭇거리며 손바닥 대신, 세 개 있는 손가락 중 하나만 세웠다.

퍼어어어엉.

손가락에서 뻗아나간 거센 불길이 박스에 집중되었다.

"10분정도만 가열해라."

대혁이 골렘에게 명령을 내리고 의자에 가서 앉는데 전성업이 이젠 제 집처럼 자연스럽게 공방안으로 들어왔다.

"형님. 밖에 뭡니까?"

"......?"

"오메가 길드 대장 와 있던데요. 김운."

"아."

"근데 무슨 실연당한 여자처럼 서 있네요. 왜 저런대요"

"스카웃을 하길래 거절했거든."

"아.겨우 그걸로 저래요? 저 사람 웃기네요. 원랜 유명한데. 가오 쩌는 걸로."

전성업은 낄낄거리면서 파이어골렘을 손가락으로 가르켰다.

"근데 이건 뭐하는 겁니까?"

"있다."

전성업은 공방 한구석에 가서 누웠다. 대혁은 사다놓은 기억도 없는 킹 사이즈 침대가 공방 한쪽에 자리했다. 그가 감자칩을 하나 까서 입에 털어넣기 시작했다.

"먹을래요?"

대혁은 고개를 저었다.

"그보다 너, 처음 봤을 때와는 점점 이미지가 달라지는 것 같다."

"처음엔 어땠는데요?"

"처음 유들거리는 힌터. 지금은 그냥 한량처럼 보이는 군."

"둘다 좋은 이미진 아니었네요."

잡담을 나누는 사이 시간이 흘렀다. 대혁은 파이어 골렘이 불길을 발출하는 걸 중지시키고 아이언 골렘을 시켜 박스를 열게했다.

화아앗-!

박스를 열자 순간 환한 광채가 뿜어져 나왔다.

"완성… 됐군."

대혁은 박스 안에서 씨오싸의 결정을 꺼냈다. 박스 안에서 마나스톤의 마력과, 열기와 압력을 실컷 머금은 씨오싸는 새로운 결정을 만들어냈다. 젤리같던 씨오싸가, 엄지 손가락만한 광석으로 변해있었다.

한 가지 특이한 점은 계속 잘게 진동하고 있었고, 씨오싸의 주변이 아지랑이처럼 일렁거린다는 거였다.

대혁은 파쿨타템도 꺼내놓았다. 씨오싸는 파쿨타템과 가까이 하자 공명이라도 하듯 더 크게 진동했다.

대혁은 씨오싸를 집어 파쿨타템의 위에 올려놓았다. 마구 진동을 하던 씨오싸가 막상 파쿨타템과 닿자 움직임이 멎었다.

스르르…

그리고 액체로 변해 파쿨타템으로 녹아들어갔다. 침대에 누워 과자를 까먹던 전성업도 일어나서 지켜보고 있었다.

석탄처럼 무광의 검은색이었던 파쿨타템이 씨오싸를 흡수하자 영롱한 검은빛을 뿜어냈다.

"열려라. 파쿨타템."

대혁이 주문처럼 말했다. 그 순간.

파쿨타템이 스물스물 거리며 칠흑처럼 새까만 문을 만들어내기 시작했다.

◆

파쿨타템이 만들어낸 차원문은 세로로 3m 가로로 2m가 넘는 크기였다. 블랙홀처럼 새까만 문은 테두리가 검은불꽃처럼 이글거렸다.

문은 놀랍고 인상적이었으며, 장엄하기까지 했다.

전성업은 침을 꿀꺽 삼키며 문과 대혁을 번갈아가면서 지켜보았다.

대혁 역시 회상에라도 잠긴 것처럼 문을 천천히 훑어보았다.

가장 최근에 파쿨타템을 열었던 것은 길가메쉬와의 싸움 직전이었다. 대혁은 파쿨타템을 이용해 골렘 군단을 수송했고, 쏟아지는 수 천의 골렘들에 길가메쉬는 결국 패배를 선언했다.

수천기의 골렘이 들어갈 정도로 넓은 공간이 파쿨타템의 내부였다.

"으슬으슬하네요."

전성업이 말했다. 파쿨타템에선 계속해서 냉기가 뿜어져 나왔다.

"실제로 기온이 낮아서 그런 건 아냐. 파쿨타템이 뿜어내는 이질적인 기운때문이지."

"파쿨타템. 그게 이 물건의 이름이군요. 이건 대체 용도가 뭐죠?"

"창고."

"창고요?"

대혁은 고개를 끄덕이고 안으로 골렘 몇 기가 들어가도록 시켰다… 골렘은 검은 포털을 통해 안으로 슥 이동했다. 전성업은 포털의 뒤편을 보았다. 전면과 마찬가지로 장방형의 검은 공간이 이글거렸다.

"다른 공간으로 이어져 있군요."

"그래."

"저도 들어가 봐도 될까요?"

"생에 흥미를 잃었으면 그래도 되지."

"그건 무슨 얘기입니까?"

전성업이 뜨악한 표정으로 물었다.

"파쿨타템의 안쪽은 생물을 거부해. 그 상태로 안에 들어가면 비루먹은 개처럼 비실거리다가 죽게 될거야."

"그래서 골렘만 들여 보낸 겁니까? 그럼 사람이 들어갈 방법은 없어요?"

"이러면 된다."

대혁은 말하면서 골렘 수트를 입었다.

"와우."

실물로는 골렘수트를 처음 보는 전성업이 감탄사를 터뜨렸다.

대혁은 파쿨타템을 아이템슬롯에 챙겨넣었다. 안으로 들어가기전에 대혁이 전성업을 향해 말했다.

"들어가면 몇 시간 있을지도 몰라. 집에 먼저 돌아가려면 가고."

"예, 뭐. 알아서 할게요."

대혁은 포털을 통해 내부로 들어갔다. 파쿨타템의 내부는 기이했다. 마치 만화경을 들여다보는 것처럼 기이한 문양이나 다채로운 색감이 어지럽게 떠돌아다니고 있었다.

"여긴 그대로군."

대혁은 오래 다녀본 길처럼 능숙하게 여기 저기 돌아다녔다. 길가메쉬와의 싸움에서 만들었던 골렘을 모조리 쏟아 부은 탓에 안쪽은 거의 텅텅 비어 있었다.

오래된 뼛조각이나 해골같은 것이 발 끝에 걸렸다. 대혁이 한 것은 아니었다. 원래부터 이곳에 있던 뼛조각이었다. 사실 대혁조차 파쿨타템의 내부에 대해서 완전히 아는 것은 아니었다.

파쿨타템은 '검은숲의 현자'라는 대혁의 동료중 하나가 만들어준 것이었다. 정확히는 아공간이 있었고, 검은숲의 현자는 아공간의 출입구만을 만들어서 대혁에게 넘겨준 것이었다. 그것이 파쿨타템이었다.

공간의 끝은 대혁조차 아직 어디까지인지 모를 정도로 넓었다. 이 끝이 어디로 연결되어 있는지도 몰랐다.

파쿨타템의 내부엔 비록 완성된 골렘은 없었지만 재료로 쓰일만한 것들이 굴러다니고 있었다. 대혁은 아이언 골렘과 함께 새로운 골렘의 재료로 쓰일 물건들을 모았다. 너무 멀리 가지 않도록 대혁은 유의했다. 완전히 밝혀지지 않은 미지의 공간이니 만큼 자칫하면 길을 잃을 수도 있기 때문이었다.

재료를 모을만큼 모은 대혁은 골렘과 함께 파쿨타템을 나왔다. 전성업은 공방에 없었다. 이미 떠난 모양이었다. 시간을 확인해보니 파쿨타템에 들어갔다 나오기까지 다섯 시간 정도가 걸린모양이었다.

"벌써 그렇게 됐나?"

대혁이 중얼거렸다. 파쿨타템의 내부는 시간감각조차 흐리게 만든다. 대혁과 아이언 골렘은 공방의 한쪽에 커스텀 골렘의 재료를 우수수 쏟아 놓았다.

대혁은 흡족하게 재료를 내려보았다. 새로운 커스텀 골렘들을 제작하면 파쿨타템에 넣어, 아르실라를 구하러 던전 원정을 떠날 것이다.

◆

커스텀 골렘을 만드는 며칠 동안 대혁은 점점 더 유명인사가 되었다.

어디어디 방송사나 어느 뉴스에서 계속해서 출연제의나 인터뷰제의가 들어왔지만 관심이 없어 거절했다. 방송에 나가 광대가 될 생각은 없었다.

길드에서도 끊임없이 입단제의가 들어왔다. 대혁은 딱히 길드에 들어갈 이유가 없었다. 1인 길드 이상이라고 할 수 있는게 대혁과 골렘들의 위력이었다.

그 와중에 헌터계좌를 통해 포상금이 입금되었다. 억단위의 금액이었다.

대혁은 돈에 무감각 해 질정도로 계속해서 많은 돈을 벌고 있었다. 이촌역 던전의 공략 이후 더 그랬다. 던전의 첫 공략자는 입장료 매출의 10%를 받는다. 대혁은 이번에 그 매출에 대하여 첫정산을 받았는데 7억5천만 원이었다. 이 촌역 던전의 입장료가 50만 원으로 책정되었으니 하루에 500명정도가 던전에 들리는 것이다. 이 역시 면세혜택이 주어진다.

물론 던전 역시 소위 '개업빨' 이라는 게 존재한다고 하지만 앞으로 연금으로 다달이 받는 돈이 보통 사람은 평생을 벌어도 모으지 못할만한 금액인 것이다.

그가 벌어들이는 금액에 대해서도 사람들은 인터넷에서 자신들끼리 갑론을박했다.

신흥 갑부. 자수성가 헌터, 우대혁.

이라는 기사에 댓글이 천개가 넘게 달렸다.

└파오후헌터:대박. 헌터 데뷔한지 얼마나 됐다고.

└질소과자:부럽다. 진짜. 나도 헌터 되고 싶다. 근데 울나라 헌터중에선 정세건이 제일 부자 아니냐?

└허부대공:정세건도 많이 벌었죠. 하지만 지금 우대혁은 수면 위로 들어난지 2개월도 안됐는데 저 정도니까 앞으로 우대혁이 정세건 제칠지도 몰라요.

└이오리:그래서 쟤가 지금 얼마 벌었다는거?

└저주의 왕: 지금까지 못해도 1000억은 벌지 않았을까?

└실전아재:1000억같은 소리하네 ㅋㅋㅋ초딩이냐? 돈 벌어본 적은 있음?

ㄴ코르셋미녀: 우대혁같은 남자에게 시집가고 싶다~

보통의 네티즌은 그에게 호의나, 부러움따위를 늘어놓았
다.

하지만 모두가 호감을 갖고 그를 바라보는 것은 아니었
다.

ㄴ병신이네.
ㄴ저 새끼 아직 E급 헌터라던데. 나한테 걸리면 작살남.
ㄴ헌터가 얼마 버는 것까지 기사로 봐야겠음?
ㄴ기레기 돈 벌기 쉽네. 인생은 기레기처럼~

시기하는 시선도 있었다. 그들 대부분은 인터넷에서 남
을 조롱하는데 시간을 쏟는 사람들이거나 아무 생각없이
지나가다 댓글을 다는 사람이었다. 한마디로 댓글을 작성
하고 나면 자신이 그런 댓글을 썼는지도 잊어버리는 부류
였다.

하지만, 그런 적대적인 모습을 직접적으로 분출하려는
사람도 있었다.

쾅! 쾅쾅!

누군가 대혁의 공방문을 거칠게 두드렸다. 쌀쌀한 날
씨인데 공방내부는 열기로 후끈했다. 얇은 반팔 면티 한
장을 입고 작업을 하던 대혁은 수건으로 땀을 훔치고 문

쪽을 쳐다보았다.

다시, 쾅쾅쾅! 하고 공방 문이 울렸다. 벨이 있는데도 문 너머의 인물은 굳이 문을 거칠게 두드리고 있었다.

"……."

대혁은 약간 짜증스러운 감정을 품고 공방의 문을 열었다.

문을 열자 20대 초중반정도로 보이는 다섯 명이 서 있었다.

그들의 얼굴엔 하나같이 불량스러운 기색이 들꽃처럼 피어있었다.

그 중 문을 두드린걸로 보이는 남자가 대뜸 공방 안으로 들이오면서 휘파람을 불었다.

"야, 잘해놓구 사네요~"

그 뒤로 네 명의 남자가 대혁의 어깨를 차례대로 툭툭치면서 안으로 들어왔다.

"이 깡통이 그 골렘인가?"

가장 먼저 들어온 녀석이 골렘을 툭툭 건드렸다. 대혁이 그를 멀뚱히 보았다. 그가 자신의 이마를 턱치더니 말했다.

"아! 내가 누군지 궁금하겠네."

그는 바닥에 가래침을 뱉더니 대혁을 꼬나보았다. 그의 옆으로 다른 녀석들이 섰다.

"난 A급 헌터인 유상철이라고 합니다. 여기 나랑 같이 이 자리를 빛내주는 내 동료들도 전부 A급헌터들이죠."

"……."

대혁은 어이가 없어서 할 말을 잃었다. 그 모습이 자신들을 보고 위축된것이라고 판단한 것인지 유상철은 손가락을 뿌득 뿌득 꺾으며 의기양양하게 말했다.

"이성현이라고 알죠?"

"……."

처음 들어보는 이름이었다.

"몰라요? 하. 어이가 없네. 이성현 몰라요? 영종도 사건에 당신도 있었다며? 네크로맨서랑 사투를 벌인 건 사실 이성현이고 그 쪽은 콩고물이나 주워먹은 거 아냐? 대체 갑자기 당신이 왜 이렇게 떴는지도 모르겠어. E급헌터라며? 뭐 소속사 언플이야 뭐야. 스폰이라도 있어요?"

그제야 대혁은 그가 누구인지 추측할 수 있었다. 네크로맨서 루번에게 일격에 미간을 꿰뚫려 사망한, 그리고 루번의 수족이 됐던 헌터의 이름이었다.

하지만 그가 떠들어 대는 내용까지 이해할 순 없었다.

이성현이란 남자가 싸움중에 휘말려 죽었는지는 모르겠지만 인스볼케이노 리조트를 떠난 이후로는 보지도 못했던 인물이다. 하물며 네크로맨서와의 싸움엔 일말의 도움도 되지 않았다.

대혁이 대답하지 않고 있자 유상철은 기세를 잡아 계속해서 열을 올렸다.

"이성현은 내 친동생이나 마찬가지인 아이였어. 그런데 당신이, 성현이가 목숨을 걸고 네크로맨서와 싸워 이긴 그

공로를 가로채려고 드니 그 아이가 저세상에서라도 눈을 감을 수 있겠습니까?"

유상철이 말할때마다 진한 알콜향이 났다. 딱히 취한 것처럼 보이진 않았지만 술을 진창 마신 모양이었다. 유상철은 계속해서 떠들었다.

"…내 동생이 목숨을 바쳐 싸웠는데 사람들은 당신만 영웅으로 알고있으니… 내가 가만히 있을 수 있겠어? 당신 같은 인간은 내가 혼쭐을… 내줄 거야."

유상철을 뇌내망상을 입으로 읊고 있었다. 대혁은 그의 망상을 더 이상 들어주기가 역했다. 대혁은 짤막하게 말했다.

"소설쓰지말고 집에 가라."

"뭐, 뭐라고?"

"뇌내망상 지껄이지 말고 꺼지라고."

유상철은 흥분해서 무기를 꺼냈다. 잭나이프였다.

"그냥 어디 몇 군데 부러뜨려서 실토하게 할까 했더니 못 쓰겠네."

대혁은 유상철을 무시하고 지나쳐서 작업대 위에 앉았다. 항공권을 이틀 후로 예매해놨다. 시간 안에 골렘을 만드려면 시간이 빠듯했다.

"무, 무시하지 마!"

유상철이 소리지르면서 달려들었다. 뒤에서 아이언 골렘이 이성현을 잡아 내동댕이 쳤다.

아무리 마스터리 레벨의 아이언 골렘이라지만 A급 헌터를 너무도 손쉽게 내동댕이친듯 했다.

바닥은 시멘트였다. 유상철의 머리가 깨져 피가 흘렀다.

"이런 씨발."

유상철과 다른 네 명이 흥분해서 달려들었다. 하지만 아이언 골렘들이 그 앞을 막아섰다.

대혁은 그들을 잊고 작업에 열중했다. 두 세시간 정도가 더 지났다. 대혁은 작업을 멈추고 허리를 폈다.

유상철과 네 명은 무릎을 꿇고 손을 들고 있었다. 그들의 얼굴은 퉁퉁 불어있었다.

대혁이 다시 물었다.

"이제 집에 갈래?"

"네… 네… 사실 거짓말이었어요."

"저희는 A급도 아니고, C급이에요. 너무 부러워서 그랬어요."

"죄송합니다. 제발 보내주세요. 정말 전부 언플인줄 알았어요."

"사실 이성현이 누구인지도 몰라요. 그냥 헌터 포럼에서 본 거예요."

유상철을 비롯한 사람들이 울먹거리며 대답했다.

"응. 안 돼."

대혁은 짤막하게 대답하고 다시 작업대 앞에 앉았다. 공방 한쪽에선 퍽퍽거리는 타격음과 함께 비명이 터져나왔다.

며칠 후 대혁은 아르실라를 구하기 위한 여정을 시작했다.

　그가 선택한 던전은 도쿄에 있는 던전이었다.

　대혁은 한국항공을 통해 도쿄로 비행했다. 이른 시각 이륙한 비행기는 태평양을 가로질러 열도의 나리타 공항에 취항했다.

　도쿄돔 던전은 3티어 던전으로 난이도가 상당히 높은 축에 속했다.

　도쿄돔 던전을 공략하기 위해 일본의 S급 헌터 50명, A급 헌터 400여 명이 투입되었다고 하니 그 난이도는 상상 이상일 것이 당연했다.

　하지만 대혁은 걱정하지 않았다. 대혁은 목에 걸고 있는 파쿨타템을 만지작 거렸다. 새로이 만든 커스텀 골렘이 파쿨타템 안에서 활약할 시기만을 기다렸다.

　택시를 잡으려고 하는데, 리무진 한 대가 대혁의 앞으로 와서 섰다. 리무진의 뒷좌석에서 남자 하나가 내렸다. 척 보기에도 비싼 옷으로 몸을 휘감고 있는 남자였다. 그가 대혁을보며 한국말로 아는 체했다.

　"우대혁씨?

3. 무토 요시노리

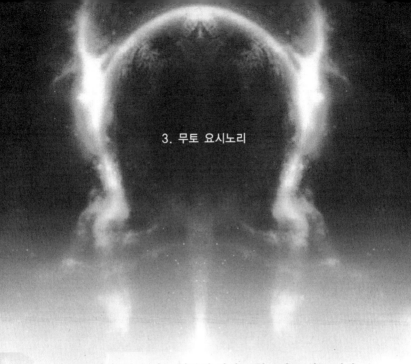

3. 무토 요시노리

그는 재일교포 4세로 일본의 헌터로 활동하고 있는 사람이었다. 등급은 S급이라고 했다. 일본의 S급 헌터는 한국보다 두 배이상 많다고는 하지만, 그래도 S급 헌터라함은 그가 가진 실력이 헌터중에서도 최상위권에 속한다는 것을 의미했다. S급 헌터 답게 풍기는 기도가 범상치는 않아보였다.

"하나자와 켄고는 저와 같이 수학하던 동료였습니다."

대혁이 고개를 갸웃했다. 낯선 이름이라고 생각하는 순간 어디서 그 이름을 주워들었었는지 떠올랐다.

헌터협회 한국 지부 지부장실에서, 리치퀸의 라이프 포스가 들어있는 목함을 부탁받았을 때 들었던 이름이었다.

하나자와 켄고. 아마도 목함의 첫 번째 발견자 중 하나로 추측되는 인물.

그리고 네크로맨서 루번에게 죽은 일본의 헌터였다.

대혁은 고개를 들고 그를 보았다. 같이 수학했다는 얘기는 고등학교나, 대학 동창이라는 얘기는 당연히 아닐 것이다.

아마도 전투에 대한 공부를 얘기하는 것일 것이다. 하나자와 켄고는 검사였다. 그것도 무토 요시노리라는 희대의 검객의 밑에서 공부한 검사였다.

그렇다는 것은 이 남자 역시 무토 요시노리의 제자라는 얘기였다. 한국의 헌터에게도 큰 관심이 없는 대혁이기에 일본의 헌터에 대해 자세히 알고 있진 않았지만, 그 얘기로 그가 어느 정도 위치에 있는 사람인지는 알게 되었다.

그리고 무토 요시노리라는 남자에게도 살짝 호기심이 갔다. A급 최상위와 S급의 헌터를 길러냈다는 것이 아닌가.

그가 계속해서 말했다.

"한국에서의 활약은 잘 들었습니다."

"예."

"제 이름 나카무라 유이치… 한국 이름은 박진택입니다. 편하신 대로 부르시면 됩니다."

"우대혁입니다. 그런데 왜 저를 찾아오신 거죠?"

"네크로맨서에 대한 얘기는 저희도 촉각을 곤두세워 집중하고 있었습니다. 다름이 아니라 하나자와 켄고의 원수나 마찬가지니까요. 대혁씨는 쉽게 말하면 저희의 복수를 해준 것이나 다름 없습니다."

"그렇게 되나요."

"그래서 대혁씨가 일본으로 온다는 소식을 오늘 오전에 접했을 때, 우리는 우리가 해야 할 일을 말하지 않아도 본능적으로 알 수 있었습니다. 바로 대혁씨가 일본에 있는 동안 불편함 없이 지낼 수 있도록 하는 것이죠."

"…말씀은 고맙지만 굳이 그럴 필요는 없습니다."

대혁이 은근히 거절의 의사를 표명했다. 하지만 박진택은 물러날 기미를 보이지 않았다. 그는 단호한 표정을 지었다. 그리고 손을 내저어가며 적극적으로 말했다.

"부담스럽게 생각하실 필요 없습니다. 단순히 보은을 위한 의미는 아닙니다. 제 스승님이 대혁씨의 얼굴을 몹시 보고 싶어 하시기도 합니다."

"……"

몇 차례 이어진 박진택의 간곡한 부탁에 대혁은 결국 리무진에 올랐다. 사실 그의 부탁보다도 무토 요시노리에 대한 호기심이 승낙에 크게 작용했다.

예약했던 호텔은 박진택이 취소 수수료까지 물어주며 예약을 취소 했다.

리무진은 부드럽게 주행해 도쿄로 들어가는 국도를 탔다. 도시 내부로 진입하며 대혁이 느끼는 점은 화려했던 과거의 도쿄가 지금은 많이 퇴색해 있다는 것이었다.

"도쿄는 위기를 겪었습니다. 하지만 살아남았죠."

박진택이 말했다. 도쿄에선 네 번의 던전브레이크가 잇달아 터졌다. 몬스터의 공격은 내진설계따위로 막을 수 있는게 아니었다. 빌딩이 무너지고 셀 수 없이 많은 사상자가 발생했다. 2011년에 있었던 동일본 대지진으로 인한 피해는 비할 수도 없었다.

4번의 몬스터 브레이크는 종말을 불러오는 재앙이었다. 30만 명이 넘는 실종, 사상자가 발생했으며 도시자체도 붕괴에 가까운 타격을 입었다. 일본의 헌터에 더불어 헌터협회에서 파견한 헌터들이 가까스로 진화에 나섰다.

가까스로 몬스터를 막아냈지만 도쿄는 막대한 피해를 입었다. 일본 정부는 행정부처의 일부를 교토로 옮길 정도였다. 위용을 자랑하던 메트로폴리스 도쿄는 이제 옛 이야기에서나 나올법한 곳이 되었다.

"아직도 복구를 못 한 지역이 있습니다. 그런 곳엔 몬스터가 활개를 치고 다니고 있죠."

서울도 던전 브레이크의 피해를 입은 지역이 적지 않았지만 도쿄에 비하면 미미하다고 표현해도 될 정도였다.

리무진은 최대한 안전한 도로를 타고 움직였다. 숙달된 기사의 운전아래 자동차는 부드럽게 일본 전통양식의 가옥 앞에 멈춰섰다.

"들어가시죠."

가옥은 개인의 집이라기엔 상당히 넓었다. 그럴만도 한

게 이 집의 주인은 보통 인물이 아니라 일본 최강의 헌터인 무토 요시노리였다.

둘은 일본 가옥 특유의 정원을 가로질렀다. 정원 역시 상당한 규모였다. 관목과 교목, 바위 따위가 그림처럼 배치되어 있었다.

연못에는 금붕어가 유영했다. 조경에 대해 잘 모르는 대혁이 보기에도 조경사가 상당한 공을 들였으리라고 짐작하게 하는 부분이었다.

대혁은 안내를 하는 박진택의 뒤통수를 쳐다보며 뒤를 따랐다. 뒷모습을 온전히 내보이고 있으면서도 빈틈은 느껴지지 않았다. 잘 벼려진 한 자루의 예리한 칼날 같은 기세가 풍겼다. 제자가 저 정도 일진대 무토 요시노리라는 자는 어떨까.

대혁은 내심 기대를 품었다.

"아마 스승님은 안채에서 기다리고 계실…."

고풍스러운 목조 전각들을 지나, 안채로 향하는 길이었다.

퍼억! 쿠당당탕!

과격한 효과음과 함께 뭔가가 여기저기 부딪혀며 튕겨져 나왔다.

"……."

"이런…."

박진택은 혀를 끌 하고 찼다. 그는 이미 이런 광경이 익숙한 듯 했다. 하지만 대혁은 아니었다. 대혁이 눈썹을 모으고 튕겨져 나온 물체를 내려봤다. 그것은 인간이었다. 그리고 여자였다.

"ちくしょう"

여자는 일본어로 뭐라고 중얼거리더니 허리를 튕겼다. 엎어졌던 그녀의 몸이 용수철처럼 튀어올랐다.

"……."

그녀가 대혁과 박진택을 돌아보았다. 하얀피부에 짧게 자른 머리, 그리고 귀여운 인상의 어린 여자였다. 하지만 고운 얼굴이 무색할정도로 잔뜩 인상을 쓰고 있었다.

박진택이 입을 열었다.

"니시노… 살살 좀…."

니시노는 박진택의 말을 채 끝까지 듣지도 않고 타앙! 땅을 박차고 튕겨져 나온 쪽으로 되돌아 갔다.

그녀의 몸은 전체적으로 호리호리 했지만. 꽤나 단련이 되어 있는 듯 잔근육이 상당했다.

박진택이 허허 웃으며 대혁에게 말했다.

"놀라셨죠? 저 아이는 재능이 출중해서 사부님이 자주 성취를 확인해주시죠. 그리고 보시다시피 승부욕이 강한편이에요."

"아, 네."

"이 안쪽으론 연무장이 있습니다. 아마 스승님이 봐주고 있는 것 같네요."

둘은 연무장으로 향했다. 넓은 공간이 나왔다. 공터는 흙바닥이 아니라 초록잔디였다. 잔디는 일정한 높이로 잘 다듬어져 있었다.

연무장 한편의 거치대에 각종 무기가 전시라도 하는 것처럼 거치되어 있었다. 대부분이 검이었지만 창, 방패, 차크람, 톤파, 철선, 쌍차, 클로 따위의 무기등도 있었다.

"역시…."

연무장에선 한창 격렬하게 대련이 벌어지고 있었다. 니시노의 상대는 중년의 남자였다. 하지만 몸은 이십대도 부러워할 정도였다. 어깨는 쩍벌어져 있었고, 가슴근육이 크게 부풀어있었다. 솥뚜껑 같은 손과, 걷어올린 소매를 따라 드러난 하박엔 흉터가 빼곡히 자리 잡고 있었다.

"저 분이 스승님이세요."

무토 요시노리. 일본 최강의 검객이자, 최강의 헌터와의 첫 대면이었다.

대혁은 그를 보기 전까지만 해도 조금 더 정적인 느낌의 검사를 떠올렸었다.

하지만 무토 요시노리는 격투 단체의 헤비급 파이터라도 되는 것 같은 생김새였다. 무술가라보기다는 우락부락한 산적 같았다.

다만 그에게서 풍겨져 나오는 기운은….

"없군."

없었다. 무토 요시노리는 산적같은 인상과 스테로이드

를 맞은 레슬링선수처럼 우락부락하게 단련한 몸을 가졌지만, 오히려 무술을 배운자들이 흔히 뿜어내는 기세가 없었다. 니시노에게서 이리저리 통통 튀는 역동적인 에너지를 느낄 수 있었고, 박진택에게선 한자루 일본도같이 선득한 느낌을 받았지만 무토 요시노리는 어떤 기운도 내뿜지 않았다.

"품고 있어."

대혁이 중얼거렸다. 그는 위협적으로 기세를 뿜내진 않았다. 그것은 그가 기세를 안으로 갈무리 하고 있었기 때문이었다. 그의 눈동자 또한 바람한 점 일지 않는 잔잔한 호숫가 같았다.

언뜻 대지의 영웅이 떠올랐다. 무토 요시노리보단 훨씬 젊고, 강했지만 그 역시 대검을 다루는 검의 귀신이었고, 저런 눈과 몸집을 가지고 있었다.

"이얏!"

대혁의 상념을 깨뜨리기라도 하려는것처럼 니시노는 봉을 뽑아 들었다.

"스승님과 대련을 할 때, 저희는 어떤 무기든 허락받습니다. 반면에 스승님은 항상 맨손이시죠."

"……."

"그렇다고 맨손인 게 불리한 건 아닙니다. 보시면 감이 올거에요. 굳이 칼을 들지 않아도 스승님은 들고있는거나 마찬가지거든요."

니시노의 공격이 시작됐다. 니시노는 봉의 중앙부분을 잡고 돌리기 시작했다.

훙훙훙.

봉을 다루는 모습이 자연스러웠다. 한 두 번 다뤄본 솜씨가 아니었다. 니시노는 봉으로 계속해서 원을 그렸다. 무토 요시노리는 그 모습을 무심하게 쳐다보고 있었다.

"하앗!"

니시노는 한 순간 기합과 함께 봉을 길게 찔러갔다. 몸을 뒤편에 놓고 봉을 길게 뻗는 공격은, 봉의 리치를 최대한 이용하는 기술이었다.

봉 끝은 탄환처럼 쏘아졌다. 무토 요시노리는 피하지 않고 봉을 기다렸다.

니시노의 얼굴이 반색했다. 봉은 수년간 익힌 무기 중에서도 가장 자신있는 것 중 하나였다. 저렇게 여유를 부리다가는 자신이 한 방먹일 수 있다고 생각한 것이다. 봉 끝은 무토 요시노리의 왼쪽 가슴을 노렸다. 가슴에 닿기 직전이었다. 무토 요시노리의 손이 번개처럼 움직였다.

턱!

여유를 부린 것은 무토 요시노리가 아니라 니시노 쪽이었다. 무토 요시노리는 봉을 잡아서 뒤로 당겼다. 니시노가 봉을 밀어낸 힘을 흩어내지 않고 자연스럽게 안쪽으로 끌어당긴 것이다.

"어어?"

균형이 무너질 수 밖에 없었다. 밸런스가 흐트러진 니시노가 휘청거렸다. 무토 요시노리는 놓치지 않고 니시노의 복부에 주먹을 먹였다. 퍼억! 하는 통렬한 타격음이 들렸다.

"우욱…"

봐주는 것은 없었다. 니시노는 배를 끌어안고 그대로 무너져 내렸다.

"웩…"

그녀는 연무장의 잔디 위에 그대로 액체를 게워냈다.

"워우…"

박진택은 자신이 당하는것처럼 인상을 썼다. 그가 손으로 배를 슥슥 문지르며 말했다.

"스승님은 남자건 여자건 가리질 않으세요. 그게 장점이자 단점이죠."

"그렇군요."

정교한 체술이라고… 대혁은 생각했다. 자신과 견줘본다면 어떨까? 골렘을 이용해서 싸운다면 당연히 대혁의 압승일 것이다. 그것은 무토 요시노리가 자신하는 일본도를 들고 덤벼들어도 마찬가지다. 대혁은 자신있었다.

한국의 정세건도 강했지만, 골렘을 부리는 자신을 상대로 덤벼들 정도는 아니다. 무토 요시노리도 마찬가지다.

하지만 저런 자와 맨 몸대 맨 몸으로 붙는다면?

'힘들겠지.'

이기고 진다고 쉽게 단정할 수 없는 수준이었다. 대혁은 레벨을 올리며 받아온 포인트의 상당부분을 신체에 관련해서 투자하고 있었다. 그 덕에 순수한 능력치만 놓고 보면 S급에 비교해도 뒤떨어지진 않는다.

하지만 무토 요시노리같은 사람은 단순히 신체능력만 뛰어난 것이 아니었다. 그 신체를 제어하고 컨트롤 하는 능력도 남달랐다.

'배워보고 싶군.'

체술을 배운다면 쓸 데가 많을것이라고 대혁은 생각했다.

무토 요시노리는 니시노의 등을 툭툭 두드리곤 대혁을 보았다. 그가 살짝 목례를 하고, 대혁이 서 있는 쪽으로 다가왔다.

"톨켄입니다."

박진택이 사탕을 하나 내밀며 말했다.

톨켄. 언어를 통하게 해주는 마법같은 물건이었다. 던전에서 나는 붉은사탕수수로 만든 이 사탕은 헌터용품점에서도 많이 취급되는 상품이다.

"스승님은 한국어를 못하시거든요."

대혁은 톨켄을 받아 입에 넣었다. 단순히 입에 넣어 녹여 먹는 것 만으로도 효과는 여섯 시간이상 지속된다.

무토 요시노리가 가까이 오자 박진택은 그에게도 톨켄을 하나 건넸다.

무토 요시노리 역시 톨켄을 받아 망설임 없이 입에 넣었다.

그가 대혁을 보고 입을 열었다.

◆

무토 요시노리. 대외적으로는 사무라이라는 헌터 닉네임과 일본도를 귀신같이 잘 다루는 헌터라는 사실만 널리 알려져 있다. 하지만 그는 검술이라는 무예에 국한된 인물이 아니었다. 주먹과 다리를 이용한 맨 몸 박투와 각종 병장기 역시 달인수준으로 사용할 줄 알았다. 그는 본디 무예백반에 모두 능통한 사람인 것이다.

그가 익힌 무술은 모두 전국시대부터 내려온, 고류 실전 무술이다.

칼부터 시작해서, 사슬낫, 암기, 심지어 무기를 들지 않은 맨손의 상태라 해도 상대의 생명줄을 겨울바람 앞의 촛불처럼 쉽게 꺼뜨릴 수 있다.

물론 그 중에서도 독보적인 것이 일본도를 다루는 솜씨였다.

일본도 한 자루만 들고 도쿄 긴자 던전 브레이크 당시 야마타노 오로치(머리가 아홉 개 달린 이무기)를 도륙한 일화는 유명하다.

각종 무기술의 고수라는 것은 언뜻 한국의 S급 헌터 스페셜리스트 정세건과도 비슷했다. 그래서 한, 일 양국의 두 헌터는 자주 비교되기도 한다. 하지만 미세한 차이가 있었다.

무토 요시노리는 냉병기를 다루는데 더 능하다. 그리고 병기만큼이나 위협적인 체술을 가지고 있다.

스페셜리스트는 냉병기에 더해 총 따위의 화기도 다룰 수 있다. 하지만 무토 요시노리만큼 뛰어난 체술은 갖고 있진 않다.

비교를 좋아하는 사람들은 곧잘 둘을 비교하곤 했다. 같은 랭크 헌터간의 우위라는 것은

직접 싸워보지 않는 이상 모르는 것이었지만 그들은 하나의 결론을 내렸다.

거리를 두고 싸우면 정세건.

근거리에서 시작하면 무토 요시노리가 우위를 점할 수 있다는 것이었다.

무토 요시노리는 몬스터가 등장하기 전부터 도쿄에 도장을 운영하고 있었는데, 그 도장은 지금도 관원을 받는다.

단, 일반인 관원을 받는 것이 아니라 헌터 관원을 받는다. 현재 도장에 있는 관원의 수는 30여 명 가량. 이 30명은 두 명의 사범에게 교육을 받는데 그것이 하나자와 켄고와 박진택이다.

둘은 각각 15명씩 나눠 이끌었었는데 하나자와 켄고가 이끄는 산양관. 박진택은 까마귀관을 가르쳤다.

하나자와 켄고가 죽은 지금은 박진택이 모두 가르치고 있었다. 니시노는 하나자와 켄고의 뒤를 이을 예비 사범으로 무토 요시노리에게 특훈을 받고 있는 중이었다.

톨켄을 아그작 씹어버린 무토 요시노리가 말했다.

"어제 새벽, 신사에 올라 오미쿠지(일본의 절이나 신사 등에서 길흉을 점치기 위해 뽑는 제비)를 해봤어요. 어떤 결과가 나왔을 것 같습니까?"

무토 요시노리는 일본어로 말했지만 대혁은 그가 하는 말을 전부 이해할 수 있었다. 마치 한국어를 듣고 있는 것 같았다. 낯선경험은 아니었다. 노바틱 행성에서도 언어를 통하게 하는 마법이나, 아티팩트는 많이 있었다. 언어의 의미가 대충 통했지만 모르는 단어가 하나 걸렸다. 대혁이 물었다.

"오미쿠지요?"

대혁 역시 한국어로 말했다. 한국어를 모르는 무토 요시노리도 곧잘 대혁의 한국어를 알아들었다. 이것이 톨켄의 효능이다.

"아… 일본에서 보는 점괘나 운세라고 생각하면 됩니다."

"오미쿠지의 결과라… 글쎄요. 점괘를 믿는 타입은 아니라서 모르겠군요."

"물론 오미쿠지의 결과대로 삶이 전개 되는 것은 아니겠지만… 나이가 먹으면 근심이 많아지지요. 하나자와 켄고를 먼저 보낸 일을 생각하면 문득 미래가 두려워져요.

나는 지금 어디에 있는가. 세계는 어떻게 돼가는 것인가."

"무술은 흔들림이 없어보이던데 번뇌가 많으신 것 같군요."

대혁이 무술 얘기를 꺼내자 무토 요시노리가 흥미롭다는 듯 눈을 치켜떴다. 더 이상 올라갈 수 없을 것처럼 높은 체술의 경지에 도달한 무토 요시노리였지만 무에 대한 이야기는 언제나 그의 관심사였다.

"호오, 제 무술이 어땠습니까?"

"불필요한 움직임이 없고 절제되어 있더군요. 힘을 많이 쓰는 것도 아니고, 오히려 상대의 힘을 이용하구요."

"상찬이시네요."

대혁은 고개를 까딱 옆으로 꺾었다. 눈 앞의 남자와 한 번 붙어보고 싶었다. 새로운 기술에 대한 호기심이 대혁을 자극했다.

마법이나 골렘을 부리는 기술이 아니라, 육체를 이용해 벌이는 순수한 체술에 대한 것이.

노바틱 행성에서 적응해나갈 때, 초반엔 대혁 역시 무기를 들고 직접 싸움에 참여하는 방식으로 싸웠다. 검이나 창 따위를 들고 살기 위해 발악했다. 특별한 기술을 썼던 것도 아니다. 그 당시엔 그저 생존만을 바라보며 무기를 휘두르고 찔렀다. 어느정도 손에 익자 효율적인 무기술이 가능해졌지만, 그것이 체계적으로 배운 것은 아니었다. 그저 임기응변이나 무기 자체의 숙련이었을 뿐이다.

그마저도 골렘을 만들어 낼 수 있는 기술을 익힌 이후는 거의 사용하지 않았다. 골렘을 배우는 기술에 집중하는 것만으로도 벅찼다. 대혁은 그 쪽으로만 역량을 집중했다.

틀린 선택은 아니었다. 그는 급속도로 강해졌고 결국엔 최강자가 될 수 있었으니까.

대혁이 골렘으로 최강자에 도달했다면, 피지컬적인 부분에서 막강한 실력을 갖춘 사람이 있었다. 대지의 영웅 규토.

작은 왕국의 젊은 왕이었던 그는 맨손으로 오우거의 아가리를 잡아 뜯었다. 검을 들면 베히모스도 일도양단해버렸다.

대혁은 입술을 훔쳤다. 만약 그런 신체적인 능력을 자신이 갖게 되면 어떻게 될까? 규토같은 피지컬에 더불어 골렘을 부리는 기술도 사용한다면?

노바틱 행성에서의 자신조차도 뛰어넘을 수 있을지도 모른다.

물론 당장 할 수 있는 것은 아니다. 수련을 거쳐야 할 것이다. 골렘을 처음 배웠을땐 머드 골렘 하나 부리기가 힘들었던 대혁이, 어느새 성장해 수천 기의 골렘을 다룰 수 있게 된 것처럼.

그래서 대혁은 일본 무술의 정점이라는 무토 요시노리의 체술을 직접 겪어보고 싶었다.

"겨뤄볼 수 있을까요?"

툭, 대혁이 내뱉었다. 박진택의 눈이 휘둥그레졌다. 욱신거리는 배를 문지르며 톨켄을 하나 받아 씹은 니시노도 깜짝놀랐다. 배를 쓰다듬던 손이 뚝 하고 멈췄다.

"우대혁 씨. 그건 조금 곤란한…."

박진택은 자신이 제지하려고 나섰다. 무토 요시노리가 청해서 대혁을 데려왔다. 그런데 그가 대뜸 생각지도 못한 말을 내뱉었다. 무토 요시노리가 누구인가? 일본 최강의 무술가였다.

헌터로써가 아닌, 무술가로써 그를 대할 때는 다른 예의가 필요한 것이다.

대혁을 제지하려는 박진택을, 무토 요시노리가 만류했다.

"아니다. 그의 말을 들어보자."

대혁은 어깨를 으쓱했다. 대혁은 박진택과 니시노를 곁눈질했다. 그들이 놀라는 이유는 그들이 가진 무술에 대한 자부심 때문일 것이다. 위계가 있을 것이다. 몬스터를 잡는 사냥터도 아닌데, 다짜고짜 무뢰한이 뭣도 모르고 덤벼든다고 생각할지도 모른다.

하지만 신경쓰지 않는다. 지금보다 조금 더 강해질 수 있다면.

"솔직히 말해… 체술에 흥미가 생겼습니다. 한 번 겪어보구 싶군요."

당돌한 말이었다. 고작 흥미가 동해, 전일본 최강의 무술가인 무토 요시노리와 싸워보고 싶다니.

박진택은 허! 하고 기함을 토해냈다. 하지만 무토 요시노리는 일말의 동요도 없었다.

"어렵지 않지요."

"스승님!"

"문제될 것 없지 않냐."

"……"

태연자약한 무토 요시노리의 태도에 박진택은 아연했다. 물론 우대혁과 싸워서 무토 요시노리가 질 거라고 생각하지는 않는다. 우대혁은 골렘이라는 전투인형을 다루는 헌터다. 그것은 마법과 비슷한 능력이라고 박진택은 생각했다. 마법사의 일반적인 신체능력을 떠올려보면, 우대혁 역시 박투는 별볼일 없을 거라는 게 박진택의 추론이었다.

하지만 이건 이기고 지고의 문제가 아니라 위신의 문제라는 생각이 박진택을 붙잡았다. 그리고 박진택 같은 생각을 품고 있는 사람이 장내에 한 명 더 있었다.

"제가 먼저 해볼게요."

니시노가 나섰다. 그녀 역시 일본어로 말했지만 언어가 통했다. 톨켄덕이었다. 니시노는 양손을 허리에 짚었다. 160cm도 안되어 보이는 니시노가 우대혁을 앙칼지게 쏘아보았다.

"허우대만 멀쩡한 S급! 나도 당신을 알아. 요즘 한국에서 유명한 헌터지? 하지만 골렘 없이 사부님의 상대가 될 것 같아?"

116 골렘의 2
장인

니시노는 눈빛처럼 목소리도 고양이처럼 앙칼지게 말했다.

우대혁은 피식 웃었다. 그녀 역시 수준급으로 체술을 익힌 것은 맞지만, 대혁이 궁금한 것은 무토 요시노리의 전력이었다. 니시노같은 햇병아리가 아니라.

"아서라."

"뭐?"

"꼬맹이는 비켜있어. 귀엽다고 봐주는 거 없으니까."

"그게 겁쟁이의 변명인가? 여자니까 상대를 못하겠다고? 실은 질까봐 무서운 거 아냐?"

니시노는 비켜설것같지 않았다. 대혁은 무토 요시노리의 체술을 보기위해선 결국, 니시노부터 넘어서야 한다는 사실을 받아들였다.

"그렇게 원하면 덤벼 봐. 대신 흥졌다고 질질짜기 없기다."

"본인 걱정이나 하시지!"

니시노는 손바닥을 펼쳐 기수식을 취했다. 가느다랗고 얇은 손가락이었다. 하지만 그녀의 악력은 돌조차 가루로 만들어버릴 만큼 강했다. 손으로 펼치는 금나수가 그녀의 진짜 무기였다. 카바트카. 악력으로 몬스터를 잡아 찢는 그녀의 별명이었다.

니시노의 손이 대혁을 노려 날아들었다.

앞섶을 노리고 드는 손바닥을 피해 대혁은 뒤로 한 발자국 움직였다. 팔의 범위를 벗어났다고 생각했는데 니시노는 놓치지 않고 따라붙었다.

'이거 봐라?'

니시노의 리치는 짧았지만 움직임이 기민했다. 손바닥이 대혁의 앞섶을 움켜쥐었다.

"끙!"

니시노가 기합과 함께 대혁을 집어 던지려고 했다. 하지만 순순히 당해줄 대혁이 아니었다. 다리에 힘을 줘 버렸다.

부우욱!

상의가 찢겨져 나갔다. 투툭. 단추 몇 개가 바닥으로 떨어졌다. 생각처럼 집어 던지진 못했지만, 공격이 통한다는 사실에 니시노가 득의양양한 미소를 짓고 대혁을 쳐다보았다.

"이런 실력으로 스승님을 욕보이려고 했던거야?"

"꼬맹아. 장난은 여기까지다."

"아직도 이게 장난같아 보여?"

니시노는 물찬 제비처럼 날렵하게 대혁을 노렸다. 니시노는 이번엔 대혁의 왼팔을 잡았다. 대혁이 뿌리치려고 했지만 니시노의 악력은 헌터능력이었다. 뿌리칠 수 없었다.

"어때? 슬슬 후회가 돼?"

니시노가 말했다. 대혁은 대답 대신 피식 웃었다. 아직도 미소를 지어가며 여유를 부린다는 생각에 니시노는 울컥 화가 올랐다.

'팔을 부러뜨려버리겠어!'

그녀가 움켜쥔 손에 힘을 더해갈 때였다.

퍼억!

대혁이 니시노의 디딤발을 찍었다.

"악!"

니시노가 비명을 질렀다. 휘청이며 물러나는 니시노에게 이번엔 대혁이 쫓아붙었다.

"아플 거야."

대혁은 무토 요시노리가 그랬던 것처럼 니시노의 복부에 주먹을 꽂았다. 일체 봐주지 않는 매서운 주먹이었다. 체중이 실린 주먹에 니시노는 배를 움켜잡았다.

"웩!"

니시노의 몸이 스르륵 무너졌다. 그리고 바닥에 대고 또 구토를 했다. 이번엔 게워낼 것도 없어 투명한 위액만이 올라왔다.

대혁의 움직임을 보면서 박진택은 내심 놀라고 있었다.

'무술을 제대로 배운 것 같지는 않은데?'

하지만 그의 움직임은 야생을 닮아 있었다. 맹수는 굳이 배우지 않아도 사냥감의 목줄기를 물어 뜯는 최적의 방법을 안다. 대혁의 움직임이 그랬다.

니시노는 그렇게 안보이지만, 자신과 스승인 무토 요시

노리를 제외하면 현재 도장의 최고 고수다. 그런 니시노가 생초짜인 대혁의 체술에 당한 것이다.

짝짝짝!

무토 요시노리가 박수를 쳤다.

"본능에 가까운 투박한 움직임이지만 그래서 오히려 더 위협적이군요. 일정한 형식이 없어요."

박진택이 나섰다.

"이번엔 제가 해보겠습니다."

"뭐, 좋으실 대로."

가만히 놔두면 무토 요시노리가 직접 나설 것 같았다. 박진택은 자신이 직접 상황을 정리해야겠다고 생각했다. 그가 정장상의를 벗었다. 우람한 상체근육이 흰 와이셔츠 한 장아래에서 꿈틀거렸다. 박진택은 셔츠 윗단추를 두어개 풀고 소매를 걷어올렸다.

니시노는 억울한지 울상이 되어 박진택을 지켜보고 있었다.

"복수해줘요!"

박진택이 기수식을 취했다. 대혁은 손목을 돌리며 박진택을 보았다. 그는 니시노와 달리 S급 헌터였다. 마냥 쉽게 생각할 건 아니다. 하지만 그런 생각과 달리 대혁의 낯빛은 오히려 여유로 생글거렸다.

"그럼 한 수 배워보겠습니다."

박진택. 그는 유년시절 따돌림을 받으며 컸다. 유난히 작은 체구가 문제였다. 반 아이들은 스스럼 없이 그에게 장난을 걸었다. 걸레 빤 물을 뒤집어 쓰게 한다거나, 길을 가는데 뒤통수를 빡! 치고 도망간다거나, 수업시간에 뒤에서 뭔가를 자꾸 집어던진다거나 하는.

괴롭힘의 종류는 다양했다.

박진택의 체구는 작지만 심지까지 약한 것은 아니었다. 악다구니를 쓰며 이지메를 주도하는 놈들에게 달려들었다. 하지만 박진택보다 머리 하나씩은 더 큰녀석들을 힘으로 어떻게 할 순 없었다. 녀석들은 낄낄거리며 진택을 더욱 괴롭혔다.

그날도 평소와 마찬가지였다. 괴롭힘을 당하고, 만신창이가 되어 집으로 돌아가던 길.

진택은 도장 안에서 흘러나오는 기합소리를 들었다.

유리문에 얼굴을 가져다 대고, 안을 들여다봤다. 기합소리를 내는 청년들이 그 안에 있었다. 땀을 흘리며 매트위에서 수련을 하는 무도가들. 모두가 강해보였다. 꼬질꼬질한 자신의 모습과는 달랐다.

그들이 수련하는 무술은 가라데였다. 진택은 가라데를 배우기 시작했다. 정권지르기를 배우고, 차기를 숙달하며 하루하루 몸속에서 새로운 힘이 생동하는것이 느껴졌다.

무술을 배우고 두달 째 되던날, 괴롭히던 무리 대장의 안면에 정권을 질러넣었다. 쌍코피가 터진 덩치 큰 놈이 울음을 터뜨렸다. 진택은 쾌재를 불렀다. 괴롭힘은 더 이상 없었다.

이지메를 당하지 않게 됐지만 진택은 무술을 계속 배웠다. 그를 새로운 세계로 인도해준 무술이 마냥 좋았다. 그가 익힌 무술의 바운더리는 점점 넓어졌다.

타격기로 입문한 그는 복싱, 무에타이등과 더불어 유술도 배웠다. 유도 주짓수, 그리고 레슬링까지 섭렵했다.

익힌 무술의 수준은 하나하나가 준 엘리트체육인의 레벨이었다. 십수 년간 무술을 연마한 그의 몸은 어디에 내놔도 부족함이 없었다.

그러던 중, 몬스터가 나타났다. 진택의 각성은 몬스터가 나타난 후 2~3년 후 의 어느날 자연스럽게 이루어졌다.

첫 각성으로 받은 등급은 B급이었다. 진택은 B급 헌터로 몬스터를 사냥했다. 그럭저럭이었다. 갖은 무술을 배워왔지만 크게 도움이 되지 않았다. 무술은 대인전엔 효과적이었지만 괴물들을 상대로는 크게 힘을 발휘하지 못했다. 인간형의 몬스터를 잡을 때는 물론 어느정도 도움이 된다. 하지만 괴수형 몬스터는 인간과 움직임이 확연히 달랐다. 괴수의 움직임에 대처하는 방식도, 괴수에게 타격을 하는 방식에 있어서도 진택은 생초짜나 다름없었다.

'그래. 무술보단 능력을 개발해야해.'

헌터의 길을 걷기로 한 이상 진택은 그렇게 하기로 마음 먹었다. 여지껏 배워온 무술은 취미로 지속하면 된다.

하지만 얼마 후 그런 마음을 바꿔먹는 계기가 생겼다.

무토 요시노리.

그를 직접 본 이후 깨달은 것이다. 그의 움직임은 무의 요체 그 자체였다. 무토 요시노리는 몬스터를 압살했다. 무로 몬스터를 상대할 수 없는 게 아니었다. 자신의 수련이 낮았다. 수련이 낮기 때문에 몬스터를 상대할 수 없는 것이었다. 무가 부족한 것이 아니라 그 사용자인 본인이 부족하다.

깨달음을 얻은 진택은 무토 요시노리의 도장에 입문했다. 그리고 누구보다 열의를 갖고 무술을 배웠다. 그의 재능을 알아본 무토 요시노리가 직접 사사했다. 박진택은 빠른 속도로 성장했다.

재능도 재능이지만 노력은 그 재능에 추진력을 더해줬다.

그리고 S급 헌터가 되었다.

빠악!

"크윽…."

진택이 짧게 침음했다. 공격이 제대로 들어갔다고 생각했는데 오히려 자신이 얻어맞았다. 안면이 화끈거렸다.

주르륵.

코피가 터져 흘렀다. 입에서도 피맛이 났다. 진택은 코를 훔쳤다. 손등에 코피가 묻어났다. 이렇게 맞아보는 것도 오랜만이었다. 인정할 수 밖에 없었다. 우대혁은 천부적인 재능을 가지고 있었다. 그를 저지할 수 있다고 생각했던 교만한 자신의 모습이 우스워졌다.

인정할 수밖에 없었다. 그는 자신보다 훨씬 강했다. 골렘이라는 전투인형을 쓰는 사람이, 무투조차 자신을 뛰어넘는다는 것은 선뜻 받아들이기 힘들었지만 이미 공표된 사실이나 마찬가지였다.

얼얼한 코를 매만지며 박진택이 중얼거렸다.

"카운터를 치는 타이밍이 절묘하네요."

진택이 머리를 털며 애써 정신을 차리기 위해 노력했다. 뇌가 움직이는 느낌이었다. 격랑위의 나뭇배처럼 시야가 흔들거렸다. 대혁이 대답했다. 큰 한 방을 먹인 건 대혁이지만, 대혁도 피해를 입었다.

"주먹이 맵군요."

뺨이 커팅되어 있었다. 아슬아슬하게 주먹을 흘려보내며 진택의 얼굴에 카운터를 꽂았지만, 진택의 주먹은 대혁의 얼굴에 얇은 상처를 남겼다. 피가 조금 흘렀다.

"육참골단의 수. 이건 제 완패입니다."

뼈를 주고 살을 깎아낸다. 알고도 그만한 담력이 없으면 쓸 수 없는 기술이었다. 얼굴을 향해 날아오는 주먹을 눈 하나 깜짝하지 않고 본다. 주먹이 코앞까지 온다. 그래도 본다. 그리고 얼굴에 닿기 직전 최적의 타이밍에 피한다. 몸을 슬쩍 숙이고, 디딤발을 축으로 허리를 돌려 카운터를 넣는다. 이미 깊숙이 주먹을 찌른 상대는 피하지 못한다.

꽝!

작렬한 대혁의 주먹을 버틴 건, 단순히 진택의 맷집이 좋아서 뿐이라곤 설명이 되지 않는다.

기공.

체술을 극한으로 연마한 자들이 쓸 수 있는 신체 내부의 힘. 마법사들이 쓰는 마력과도 비슷한 기운이다.

진택은 기공을 이용해서 데미지를 경감했다. 기공이 아니었다면 대혁의 주먹을 맞는 순간 의식은 멀리 증발되어 버렸을 것이다. 그리고 그 자리에 바로 고꾸라졌을 것이다. 기공은 몬스터를 잡을 수도 있는 힘이다. 사람과의 대결에서 쓰면 반칙이나 마찬가지다.

당연히 불공정한 대련이었다. 하지만 대혁은 신경쓰지 않았다. 마지막 순간에 기공의 힘을 끌어내게 한 건, 그만큼 대혁의 움직임이 그들의 무술을 위협할 정도라는 거였으니까.

신체의 힘만으로 싸웠지만 이겼고, 충분히 흡족하다. 대혁은 무토 요시노리를 보았다. 그는 여전히 표정의 변화가 없었다. 눈빛 역시 흔들림이 없었다. 대혁이 말했다.

"그럼 이제 직접 한 수 보여주실 수 있나요?"

"그건…."

박진택은 만류하고 싶었지만 이미 처참하게 깨진 상황이었다. 이런 때에 끼어 드는 것도 모양이 보기 좋진 않았다.

다행히 무토 요시노리가 한 발 앞으로 나섰다.

"먼 길을 오셨습니다. 그리고 벌써 두 차례나 대련을 하셨어요."

"별로 상관없습니다."

"아니요. 지금은 괜찮은 것 같아도 몸은 사실 그렇지 않아요. 반드시 이상을 보이죠. 체력을 회복하시고 내일이 되면, 제가 직접 대련을 해드리겠습니다. 그때까지는 편히 쉬시지요."

"……."

내일 직접 대련을 해주겠다고 선언하는데 지금 당장 실력을 보여달라고 떼를 쓸 순 없었다. 아르실라를 구하기 위해 온 일본이었지만, 뭔가를 더 배워갈 수 있다. 하루 정도 더 있는다고 손해볼 것은 없었다.

"그렇게 말씀하신다면, 알겠습니다. 기다리죠."

"방은 니시노가 안내해드릴겁니다."

니시노가 턱을 당기고 인상을 썼다.

"에엑-? 스승님 제가 왜…."

못마땅한 목소리로 말하던 니시노는 박진택이 헛기침을 하자 말끝을 흐렸다.

"예. 알겠어요. 제가 안내하면 되죠. 남는 방 그냥 하나 던져주면 되죠?"

니시노가 다소 툴툴대며 말했다.

대혁이 목례를 하고 니시노를 따라 움직이는데 무토 요시노리가 말했다.

"아! 그리고 네크로맨서건 말입니다…."

대혁이 고개를 돌렸다. 당연히 하나자와 켄고의 원수를 갚아줘 고맙다는, 의례적인 소리를 하겠거니 했는데 무토 요시노리는 답잖게 싱겁게 말했다.

"아닙니다… 편히 쉬시지요."

니시노가 다다미방으로 안내했다. 그는 움직이는 내내 대혁에게 말한마디 건네지 않았다. 불만이 그득한 얼굴이었다.

방에 도착한 대혁이 말했다.

"고맙다."

"흥!"

니시노는 콧방귀를 끼고 미닫이문을 쿵! 닫고 나갔다. 듣자하니 니시노는 이제 18살이라고 했다. 어린 나이만큼 감정의 표현에 솔직한 아이였다. 귀여울 뿐이었다.

대혁은 피식 웃으며 자리에 앉았다.

그리고 몸이 잊어버리기전 박진택과의 대련을 상기했다.

'그냥 신체로는 역시 한계가 있어.'

기공.

기공을 둘러싼 얼굴을 치는 것은 마치 돌덩이를 치는 듯했다.

"위업상점."

대혁은 위업상점을 불러 열었다. 각종 아티팩트, 무구 따위가 자르륵 떠올랐다. 대혁은 스킬북 탭을 눌렀다. 다양한 스킬북이 존재했다. 그 중 대혁은 '무투가'들이 익히는 스킬북을 찾았다.

곧 대혁의 눈이 이채를 띠었다. 원하는 스킬북을 찾은것이다.

200위업 포인트 짜리의 스킬 북. 마력전환.

〈마력전환〉

-체력

마력의 일부를 체력으로 전환한다

-기공

마력의 일부를 기공으로 전환한다.

사용마력: 잔여마력중 전환을 원하는 양만큼 삭감한다.

"그래, 이거군."

대혁은 스킬북을 구매했다.

◆

도쿄 스카이트리타워.

지상 634m에 위치한 세계 제일 높이의 탑이다.

스카이트리타워는 4번에 걸친 도쿄 던전브레이크에도 무너지지 않고 꿋꿋이 하늘을 향해 뻗어 있었다.

휘이잉.

그 타워의 첨탑. 칼날같은 바람이 불어오는 곳에 인영 하나가 꿋꿋이 서 있었다.

"혼돈이구나."

그는 도쿄를 내려다 보았다. 던전 브레이크의 영향을 받지 않은 도심지는 전기가 들어와 아직 도시의 건재를 과시하려는 듯 했다. 하지만 몬스터가 휩쓸고 지나간 지역은 시커먼 어둠만이 을씨년스럽게 자리를 채우고 있을 뿐이었다.

이가 빠진 칼을 보는 것 같았다. 여전히 어느정 도의 기능은 하지만, 그것이 온전하다고는 할 수 없다.

"난세…"

남자가 중얼거렸다. 그는 한야가면을 쓰고, 하카마(일본의 전통의상)를 입고 있었다. 그리고 노다치(전장이 3m가 넘는 일본도의 한 종류)를 어깨위에 얹어 들고 있었다.

한야가면의 남자가 지상을 조망하는데 마른 하늘로부터 벼락이 쳤다. 벼락은 잠시 칠야를 밝혔다.

빠지지지직!

번개는 첨탑에 설치된 피뢰침을 무시하고 한야가면 남자의 바로 앞에 내리 꽂혔다.

"……"

번개가 사라진 곳엔 소년이 있었다. 일찍이 영종도에서 루번의 시체를 수거해 간 소년이었다. 별찌미르.

휘영청 밝은 달 아래 그의 얼굴이 드러났다. 비늘 같은 것이 반 이상을 덮고 있는 얼굴은 사람이라기보다 파충류의 피부를 연상케했다.

한야가면은 그의 갑작스러운 등장에도 놀라지 않았다. 오히려 그는 별찌미르를 기다리고 있었다.

"오래간만입니다."

"격조했다. 오니켄."

별찌미르의 동공은 세로로 길죽했다. 인간과 흡사하지만, 또 현저히 다르게 느껴지는 모습에 소름이 끼칠만도 했다. 하지만 오니켄은 전혀 두려워하지 않았다.

"루번의 소식은 들었겠지?"

"예. 그는 너무 제멋대로였습니다. 스스로 불길에 뛰어든 셈이죠."

"맞다."

"여의주는 찾으셨습니까?"

"그렇게 쉽게 찾을 수 있는 물건이 아니다."

"어찌됐든 결국엔 손에 거머쥘 수 있을 겁니다. 건승을 빌겠습니다."

"그렇다. 오니켄. 접선은 이것이 마지막일 수도 있겠구나."

"레버넌트를 떠나시는 겁니까?"

"떠난다는 표현은 적절하지 않다. 겹치는 부분이 있어 잠시 손을 잡았을 뿐이니까."

"그렇군요…."

파지직. 파직.

여전히 작게 별찌미르의 몸에서 스파크가 튀었다. 그 전류의 흐름을 무심코 바라보고 있는데 별찌미르가 말했다.

"귀한 손님이 방문했다고 들었다."

"예."

"어떻게 할 건가?"

"글쎄요… 그건 제가 결정 할 문제가 아닌 것 같군요."

"흥. 어차피 레버넌트의 뜻에 따르지도 않을 것 아닌가?"

"예. 그보단 하늘의 뜻에 맡기는 게 좋을지도요."

"그 놈의 점은 그만 믿어라. 이 세계에서 믿을 수 있는 건 오로지 자신뿐이니까."

오니켄은, 별찌미르 정도의 존재라면 당연히 스스로를 믿을 수밖에 없다고 생각했다.

그는 뇌신雷神이자 지상에 있는 최강의 생물이니까.

하지만 별찌미르에 비하면 자신은 한 없이 미력했다.

의지할 구석이 하나쯤은 필요했다.

생각이야 어쨌건 오니켄은 고개를 주억거리며 대답했다.

"줄여보도록 하겠습니다."

별찌미르는 허허 웃는 오니켄을 무심하게 쳐다봤다.

"그럼 간다."

"예. 환송하지 못해 송구합니다."

"쓸데없는."

파파지지지지직!

다시 번개가 치고 별찌미르는 사라졌다. 오니켄은 깊게 숨을 들이쉬었다가 뱉었다. 세상은 긴박하게 돌아가고 있었다. 여러 집단이, 그리고 최강이라 자부할만한 괴물같은 자들이 들끓었다.

"이 난세를 평정할 자가 있을 것인가?"

오니켄은 조용히 중얼거렸다.

◆

"아침 먹어."

드르륵.

예고도 없이 미닫이 문이 열리더니 니시노가 상을 들고 들어왔다.

쾅!

조금은 공격적으로 니시노가 상을 내려놨다. 대혁은 밥상 위를 내려보았다. 전통적인 일본가정식이었다. 생선구이와 미소장국, 그리고 몇 가지 장아찌로 보이는 반찬들이 놓여 있었다.

기대도 안했던 아침식사에, 그리고 그것을 들고 온 의외의 인물에 대해 대혁이 별일이라는 표정을 지었다.

"웬일이야?"

대혁이 입꼬리를 올리곤 말했다. 능글능글한 미소가 자신을 놀린다고 생각했던지 니시노가 가자미눈을 치켜 떴다.

"뭐가?"

"날 싫어하는 거 아니었어? 아침밥까지 손수 챙겨줄 거라곤 생각 못했거든."

"당신이란 사람, 당연히 별로야! 하지만 스승님이 시켰다고!"

"그래? 알았어. 잘 먹을게."

대혁은 젓가락을 집었다. 밥을 떠넘기고 생선을 발라먹었다. 한국의 된장국과 비슷하면서도 다른 일본의 맑은 장국도 호로록 마셨다. 맛은 나쁘지 않았다.

대혁이 식사를 하는동안 니시노는 나가지도 않고 그 모습을 지켜보고 있었다. 밥을 크게 한 숟갈 넘기고 대혁이 말했다.

"왜? 아직 할 말 남았어?"

"……"

"먹는지 안 먹는지 끝까지 지켜보고 그릇도 치우래? 그냥 가봐. 내가 갖다 놓던가 할 테니까."

니시노는 답잖게 머뭇거렸다. 입술을 뗏다 붙였다 여러 번. 뭔가 할 말이 있는게 분명했다. 웅얼거리던 니시노가 결국 입을 열었다.

"정말 할 거야?"

"뭘?"

"우리 스승님이랑… 정말 대련 할거냐고."

"당연한 거잖아."

니시노는 황당한 표정으로 이마를 턱 짚었다. 그리곤 한숨을 푹 내쉬었다. 고개를 절레절레 젓기도 했다. 자리에 주저앉았다가 일어나고, 이래저래 안절부절하는 모습을 보였다. 그러더니 대혁을 뚫어지게 쳐다보았다.

"솔직하게 말해봐. 우리 스승님이 우습게 보여서 그래?"

"아니. 나름 존중해. 그가 성취한 무술의 경지에 대해서."

"그걸 알면서 그래?"

"뭐가 불만인 건데?"

"어제 유이치 오빠를 이겼다고 기고만장한 모양인데… 스승님은 오빠보다도 훨씬 강해. 그리고 유이치 오빠는 사실 맨손박투가 전문이 아냐. 사부님만큼은 아니지만 일본도를 들었을 때 진짜 강하다고! 무슨 얘긴지 알아? 만약 일본도를 들었으면…."

"그런 얘기 늘어놓자면 끝도 없다. 무기 들어서 더 약한 사람이 어딨어?"

"그런 수준이 아냐! 몇 배는 강해진다고."

대혁은 대답대신 귀를 후비적 댔다. 대혁은 장아찌를 입에 넣었다. 시큼하고 달달한 맛이 입맛에 맞았다. 자신의 얘기를 귓등으로도 듣지않고 밥을 넘기는 대혁의 태연한 모습에 니시노는 다시 한숨을 푹 내쉬었다.

니시노는 독백처럼 얘기를 꺼냈다.

"1년 전에 너랑 비슷한 사람이 도장에 찾아왔었어."

"……."

"나는 무술을 배운지 얼마 안 돼 보잘 것 없었고, 당시 사범이었던 켄고 오빠와 유이치 오빠는 둘 다 도장에 없었지. 내 기억엔 아마 던전에 갔었어."

무토 요시노리의 도장에서 사사받는 사람들은 무술가이면서 헌터이기도 했다. 무술을 익히는것보다 던전에 다니며 레이드를 하는 것을 더 중요하게 생각하는 사람도 많다.

"하여간 그 때, 젊은 헌터가 하나 찾아왔어. 이름은 이조 하시모토."

"……."

대혁이 무반응이자 니시노는 표정을 일그러뜨렸다.

"몰라? 이조 하시모토."

"전혀 모르겠는데."

"하… 그래. 모를 수도 있지. 이조 하시모토는 각성하자마자 S급 판정을 받은 괴물같은 인간이었어. 잠재력이 무지무지 높았던 거지."

"근데?"

대혁은 우적우적 밥을 먹으며 니시노의 말을 들었다.

"헌터가 되고 1년도 안돼 공략한 던전이 세 개. 당시 스포트라이트란 스포트라이트는 모조리 그 남자에게 쏠렸어. 일본 최강의 헌터지위가 바뀔지도 모른다고. 최강의 헌터란 누군지 알지? 우리 스승님."

"그렇군."

니시노는 그날의 사건에 대해 얘기했다

이조 하시모토. 25살.

그도 고류무술의 전승자였다. 할아버지는 사이신영류라는 무술의 51대 적통이었다. 본래 52대는 이조 하시모토의 아버지가 되어야 했을 테지만, 이조의 아버지는 이조 하시모토가 어릴 때 교통사고로 죽었다. 대신 할아버지의 밑에서 자란 이조가 52대가 되었다.

그는 어렸을대부터 무술에 큰 재능을 보였고, 할아버지가 전수하는 기술을 스펀지처럼 빨아들였다.

이조의 재능이 만개하고 노쇠한 할아버지도 뛰어넘었다고 평가받던 어느날이었다.

이조 하시모토의 나이 23살.

도쿄에 던전 브레이크가 일어났다.

던전 브레이크의 여파는 예외없이 이조의 도장도 휩쓸었다.

던전 브레이크로 도장과 문하, 그리고 할아버지를 잃었다. 살아남은 것은 이조 하시모토 혼자였다.

이조는 그 자리에서 각성했다. S급 헌터로.

"사고 이후 성격이 변한것인지, 아니면 원래 성격이 개

2

차반이었던건지, 항상 자신이 최강이라고 떠들고 다녔지. 우리 스승님도 자신이 보기엔 별 거 없다고. 보잘 것 없는 헌터가 아니라 S급, 그것도 주목받는 헌터가 그리 얘기하니 매스컴에게도 좋은 가십거리였겠지. 이조가 하는 말을 모조리 방송에 실어 날랐어."

"……."

"그래도 우리 스승님은 별로 신경쓰지 않으셨지만. 사람들은 떠들어 댔지. 왜 우리 스승님이 반응하지 않지? 정말로 이조 하시모토가 더 강한 거 아냐? 하면서. 하여간 그러다가 사단이 난 거야. 사실 스승님이 아니면 그가 최강이라고 불러도 이상할 게 없는 분위기이기도 한 때에. 그가 정말로 우리 도장을 찾아온 거야. 결판을 내겠다고. 난장판을 부렸지. 스승님 어딨냐고 지랄하면서 기물을 깨부셨어. 심지어 그를 만류하려다가 문하 몇 명이 크게 다쳤어."

"그래서 어떻게 됐지?"

"안채에 있던 스승님이 나왔지."

"그를 상대했나?"

"상대했다 뿐이야? 아예 폐기처분을 시켜버렸어. 뭐? 이조 하시모토가 우리 스승님보다 강해? 그건 허무맹랑한 얘기였어. 그는 분명 강했지만, 스승님 앞에선 하룻강아지나 마찬가지였어. 나는 그렇게 무서운 스승님의 얼굴은 처음 봤어. 온 몸의 힘줄을 모조리 끊어놓고, 뼈를 으스러 뜨렸어. 그만해달라고 이조가 비명을 질러댔지만 멈추지 않았지. 마지막으로 왼팔을 잘라내고야 스승님은 검을 거뒀어. 같은 S급인데도 그런 차이를 보였어."

"그는 지금 어떻게 됐지?"

"몰라. 듣기론 정신병원에 입원해 있다고도 하고…."

"……."

"이건 당신을 걱정해서 해주는 말이야."

"뭐?"

"다시 한 번 생각해보라고. 물론 당신이 그 사람처럼 막무가내인 것은 아니지만… 힘의 차이가 너무 극명하다고 생각해. 나는."

니시노가 상을 들고 나갔다. 그녀만 열을 올려 떠들었고, 대혁은 심드렁한것처럼만 보였지만 마냥 그런 건 아니었다. 대혁은 그녀의 말을 귀담아 들었다. 살짝 두근 거렸다. 떨리는 감정이 아니라 설레는 기분때문이었다. 대혁은 주먹을 쥐었다가 펴보았다. 대혁 역시 대련에 최선을 다할 생각이었다.

그래야 성장을 할 수 있다.

'마력전환.'

대혁은 어제 익힌 스킬을 발동해보았다. 마력을 기공으로 전환하자마자 장마를 만난 강물처럼 넘실거리던 마력의 층위가 낮아졌다. 대신 다른 기운이 솟아올랐다.

기공.

"역시, 놀라운 힘이야."

기공이 솟아오르는 순간 대혁은 온몸에 활기가 도는 것이 느껴졌다.

어제 처음 기공을 느꼈을 땐 오묘했다. 몸이 낯선 기운을 받아들이는데 시간이 걸렸다. 열이 나는 것 같기도 했고 몸이 욱신거리기도 했다. 하지만 지금은 신체가 기공에 적응한 상태. 그런 이상증상은 보이지 않았다. 대신 몸이 한결 가벼워졌다.

대혁은 자리에서 일어났다. 가볍게 뛰어보고 주먹을 뻗어보았다. 확실히 기공을 이용하는 몸과 아닌 몸엔 차이가 있다.

하지만.

'너무 빨리 지쳐.'

그것이 문제였다. 기공이란 것의 위력은 체감할 수 있었지만 소모가 너무 빨랐다. 아직 제어가 익숙하지 않은 탓이 분명했다.

이 상태로 무토 요시노리를 상대해 실력을 제대로 보여줄 수 있을까?

박진택 조차 마지막 순간에만 기공을 사용해 대혁의 공격을 버텼다. 그가 전투내내 기공을 사용했다면 좀 더 버거웠을 것이다. 하물며 무토 요시노리가 상대라면….

'재밌겠군.'

대혁은 씨익 웃었다. 성장의 기회는 무릇 위기와 함께 찾아오는 것이다.

＊

　박진택은 무토 요시노리와 식사를 함께했다. 상을 내오
던 박진택은 고개를 갸웃했다.

　'요즘은 육류 반찬을 즐기시는군.'

　무토 요시노리는 근육질에 거구였다. 외모만 보면 고기
위주로 단백질 식단을 섭취할 것 같지만 아니었다. 무토 요
시노리는 본래 채식위주의 식단으로 식사를 했다. 그러면
서 그 체구를 유지하는 게 신기할 정도로.

　하지만 최근 들어서는 육류의 섭취가 늘어났다. 박진택
이 의아하게 생각하는것도 그부분이었다. 사람의 식성이
원래 하루아침에 바뀌는가?

　늘어난 육류의 섭취와 함께 바뀐 입맛이 또 있었다. 말차
를 즐기던 무토 요시노리였지만 최근엔 냉수나 벌컥벌컥
마셔댈뿐, 차는 손도 대지 않았다.

　'그 때문인지는 모르겠지만, 스승님의 기운도 많이 이질
적으로 바뀌었어.'

　최근엔 무토 요시노리가 내뿜는 기공의 느낌도 달라진
듯 했다. 강하고 약하고의 차이를 논하는 게 아니었다. 오
히려 기운자체는 예전보다 강해졌다고 느껴졌다. 하지만
미묘하게 붉은 기운을 띤다.

　박진택은 기공의 고수였다. 무토 요시노리가 내뿜는 기
공의 색깔을 어느정도 감지할 수 있었다. 공격적인, 적색에

가까운 기공.

"흠…."

뭔가 이질적인 기분을 느끼는 박진택이었지만 그것이 무엇인지는 정확히 파악할 수 없었다. 안갯속을 걷는 기분이었다.

"켄고… 보고 싶군."

박진택은 하나자와 켄고의 이름을 중얼거렸다. 무술은 자신보다 근소하게 약했지만, 오히려 직관이나, 분석련이 자신보다 좋았던 하나자와 켄고.

그라면 뭔가 명쾌한 답을 내려줄 수 있을 것 같았다. 하지만 그는 여기에 없었다.

"나카무라 사범님!"

계속해서 떠오르는 잡념을 밀어내기 위해 노력하며 정원을 거니는데 누군가 박진택을 불렀다.

진택이 고개를 돌렸다.

"너는…?"

◆

대혁과 무토 요시노리의 대련은 연무장에서 이루어졌다.

대혁과 무토 요시노리 외에는 니시노와 박진택만이 자리했다. 톨켄을 씹은 그들은 모두 언어가 통하는 상태다.

"그럼 한 수 부탁드리겠습니다."

대련의 방식은 총 두 가지였다.

맨손으로 한 번.

그리고 무기를 이용해서 한 번.

대혁은 일본도를 사용하는 무토 요시노리의 실력을 직접 느껴보고 싶었다. 그래서 굳이 일본도를 사용한 대련도 해보자고 청했다.

대혁과 무토 요시노리의 대치상황을 지켜보던 니시노가 옆에 서있는 박진택에게 물었다.

"대체 저 남자는 무슨 생각으로 스승님에게 덤비는 걸까요?"

"스승님과 합을 섞는다는 것 자체가 무술인에겐 도약이 될 수 있다."

"그렇죠. 스승님은 최고의 고수니까요. 하지만 그는 무인이 아니잖아요?"

"……."

무술인이 아니다? 그런말로 가볍게 치부해 버릴수 있을까? 어제 대혁과 직접 대련을 해봤던 박진택은 대혁의 솜씨가 웬만한 무술인을 뛰어넘는다는 사실을 실감했다.

팽팽한 긴장감이 연무장을 감쌌다. 대혁은 무토 요시노리의 빈틈을 찾았다. 하지만 무토 요시노리는 쉽사리 빈틈을 내줄만한 남자가 아니었다.

"먼저 들어오시지요."

무토 요시노리가 말했다. 그에게선, 아무런 기척도 느껴지지 않는다고 생각했는데 막상 마주하니 태산이라도 앞에 서있는듯 했다.

'그럼 태산을 부숴버린다.'

어렵게 생각할 것 없었다. 합을 섞다보면 답이 나올것이다.

대혁이 주먹을 뻗어갔다.

◆

"저것 봐. 내가 저럴 줄 알았다니까."

니시노가 기득 기렸다. 그녀는 작금의 상황이 마음에 들었다. 대혁이 공격에 공격을 더해 쉴틈없이 무토 요시노리를 몰아붙이고 있었지만, 무토 요시노리의 얼굴은 침착했다.

몰아붙인다는 말도 어울리지 않았다. 공세를 취하고 있는 건 대혁이 맞다. 하지만 무술을 아는 사람이 보면 체력만 소모하고 있는 꼴이었다. 니시노가 키득거리고 있는 이유도 그에 기인했다.

반면 무토 요시노리는 공격이 닿기 전에 고개만 까딱거리나, 몸을 살짝 트는 식으로 대혁의 공격에서 벗어났다. 극도로 체력을 적게 쓰면서도, 피할 공격은 모두 피했다.

"이대로 가면 체력을 소진해 먼저 당하는 쪽은 공격을 하고 있는 사람이겠지."

박진택도 고개를 끄덕거렸다. 역시 무토 요시노리의 실력은 명불허전이었다. 대혁의 공격이 느리거나 위협적이지 않은 것은 아니었다. 한 번 맞으면 그대로 넉아웃당할만큼의 힘이 실려 있었다. 그런데 그런 주먹을 끝까지 쳐다보고 있다가 가볍게 피해낸다.

반복훈련. 반사신경. 극의에 오른 무리. 모든 것에 있어서 조화롭게 정점에 달한 무토 요시노리나 보여줄 수 있는 묘기였다.

대혁 역시 무토 요시노리의 실력을 몸소 체험하고 있었다. 지켜보고만 있을 때와, 직접 손속을 섞는 것과는 역시 달랐다.

'최적의 타이밍에 최소의 힘만으로 회피. 역시 만만한 상대가 아니야. 하지만…'

아직 체력엔 여유가 있었다. 무토 요시노리의 움직임은 대혁이 보기에도 신기할 정도였다. 하지만 계속해서 공격을 쏟아내는 것 외엔 대혁에게 방법이 없었다. 이대로 공격을 계속해서 빈틈을 찾아낸다. 다행히 아직 체력엔 여유가 있었다.

파아앙!

대혁이 차낸 발차기가 공기를 찢었다. 따로 무술도 배우지 않았고, 기공도 실지 않은 발차기치고는 상당히 날카로웠다. 무토 요시노리는 가볍게 고개를 숙여 피했다.

대혁은 차낸 발을 수거해서 바로 디딤발 삼았다. 무토 요시노리를 추격하며 주먹을 뻗었다.

턱!

주먹은 무토 요시노리의 손바닥에 가로막혔다. 대혁은 손에 닿는 반동으로 회전하며 팔꿈치 공격을 가했다.

흥.

팔꿈치는 의미없이 허공만을 가로질렀다. 대혁은 다시 발차기를 하며 말했다.

"봐주는 건 사양입니다."

무토 요시노리는 방어와, 회피. 그 외에 공격은 하지 않고 있다. 무토 요시노리가 봐주고 있다고 생각할만도 했다. 무토 요시노리는 미미하게 미소지었다. 대혁의 자신감이 마음에 들었다.

"그럼."

찰나지간이었다. 공격을 회피하던 무토 요시노리부터 어느새 주먹이 날아들었다. 발을 차내고, 눈을 깜박하는 사이였다. 발을 수거하는 그 순간, 잠깐동안의 밸런스가 흔들린 틈을 파고들어 주먹이 날아들었다. 회피뿐만 아니라 공격도 최적. 피할 길이 쉽게 보이지 않는다.

"읏!"

대혁은 상체를 앞으로 숙여 가까스로 공격을 피했다. 그러자 기다리기라도 했던 것처럼 밑에서 무토 요시노리의 발이 올라왔다. 마치 대혁의 움직임을 읽고 있기라도 하는 것 같았다.

"이크."

대혁은 다시 몸을 활처럼 뒤로 휘었다. 두 번째 공격까지 피했다. 대혁은 다음 공격을 방비했지만, 제 3의 공격은 날아오지 않았다.

대혁은 잠시 숨을 골랐다.

"역시 일본 최강이라는 말이 어떤 건지 대충 실감이 가네요."

"……"

"하지만 공격에 무게가 없어요. 이런 건 맞아도 아프지 않아요. 상대를 확실히 제압하겠다는 생각으로 주먹을 뻗어야죠."

무토 요시노리의 움직임을 지적한다. 대혁은 무토 요시노리를 도발하기 위해, 무례하게 말했다. 그 말에 뿔이난 건 니시노였다. 그녀는 얼굴이 시뻘게져서 소리쳤다.

"뭐, 뭐라고! 저 자식이!"

벌떡 몸을 일으키려는 니시노의 어깨를 박진택이 꾸욱 눌러 막았다.

"사부님의 싸움이야. 사부님의 명예를 훼손하고 싶은 게 아니라면 잠자코 보고 있어."

"……"

박진택의 말에 니시노는 합죽이가 되어 다시 주저앉았다.

씩씩 거리는 니시노와는 달리 무토 요시노리는 아무렇지

도 않아 보였다. 그는 조용히 우대혁을 보며 대답했다. 감정의 동요는 일말조차 느끼지 않는 그의 모습은 마치 불상을 연상케했다.

"그랬던가요?"

"더 잘 하실 수 있잖아요."

"허허. 누군가로부터 가르침을 받는 건 얼마만인지 모르겠군요."

공수가 바뀌었다. 무토 요시노리는 겉으로는 감정을 표출하지 않았다. 하지만 대혁의 말이 그의 역린을 건드린 게 확실했다. 대련을 하는 방식이 달라진 걸 보면 알 수 있었다. 방어 위주로 대련을 풀어가던 무토 요시노리가 적극적인 공세를 취했다. 무토 요시노리가 공격을 시작하자 대혁은 수세에 몰렸다. 하지만 그의 얼굴은 오히려 생기가 돌았다.

'기회가 생겼어.'

무토 요시노리가 방어위주로 대련을 할 땐 빈틈을 찾아보기 어려웠다. 정적인 움직임. 신기에 달한 회피술을 가진 그가 방어위주로 대련을 하면, 마치 벽을 마주 대하는 것 같다. 대혁의 공격이 먹혀들게 하려면 먼저 단단한 벽을 부숴야 한다.

하지만 무토 요시노리가 먼저 움직여 공격을 하면 그럴 필요가 없다. 움직임이 많아 졌다는 건 그만큼 대혁이 공격할 수 있는 빈틈도 많아진다는 것이었다. 벽이 사라졌다. 대혁은 노출되는 빈틈에 공격을 꽂아넣기만 하면 된다.

팡! 팡!

파공성이 연이어 울렸다. 무토 요시노리가 움직일 때 마다 나는 소리였다.

핏! 핏!

대혁은 아슬 아슬하게 공격을 피했다. 살갗이 조금씩 찢어지며 붉은 피가 보였다. 옷에 닿으면 옷이 쭉 찢어져 나갔다. 맨손인데도 칼날같은 예기를 뿜고 있었다. 하지만 치명상이랄 만한 건 없다. 대혁은 충분히 잘 막아내고 있었다.

대혁은 방어를 하며 침착하게 때를 기다렸다. 무토 요시노리의 매서운 공격을 감내 할 수 있어야만 기회는 찾아온다. 대혁은 손바닥으로 무토 요시노리의 공격을 커버링하며 기회를 엿봤다.

이번 대련의 승패를 결정짓는 규칙은 간단했다.

먼저 패배를 자인하거나, 상체중 한 군데가 바닥에 닿는쪽이 진다. 대혁은 먼저 패배를 시인할 생각은 눈곱만큼도 없다. 그렇다면 상체가 바닥에 닿지 않게만 하면 된다.

'짜릿하군.'

지구로 돌아온 뒤, 이 정도로 대혁을 몰아붙였던 상대는 없었다. 그나마 켈리토가 근접전에서는 이런 느낌을 줬지만, 그때의 대혁은 스톰 글러브와 마법, 그리고 골렘까지 있었다.

반면에 지금은 맨몸을 던져 싸우고 있었다. 그리고 무토 요시노리는 켈리토보다 더 강했다. 그때보다도 훨씬 어렵다.

뻗어 오던 주먹이 형태를 바꿨다. 대혁이 흠칫하는 사이, 무토 요시노리는 커버링을 하던 대혁의 팔을 낚아 챘다.

터틱!

뱀 처럼 움직인 무토 요시노리의 팔이 대혁의 주먹을 덥썩 잡아버렸다.

"상체를 닿게 하면 제 승리가 맞죠?"

무토 요시노리가 대혁의 주먹을 잡는 순간, 니시노는 쾌재를 불렀다. 자신의 악력은 헌터 능력이었지만, 금나수는 무토 요시노리로부터 사사받은 것이었다. 무토 요시노리의 금나수는 자신보다 월등하다. 그 손아귀에는 한 번 잡히면 빠져나갈 수 없다.

단순히 힘으로는 설명할 수 없는 기술이었다. 일단 잡은 이상, 충분히 금나수로 우대혁을 꿇어 앉힐 수 있으리라. 상체를 닿게하면 승리인 이번 대련의 규칙상, 곧 무토 요시노리의 승리를 볼 수 있을것이 명약관화했다.

니시노가 소리쳤다.

"스승님이 이겼어!"

"……."

반면 박진택은 조용히 둘의 싸움을 보았다. 정말 이대로 끝나는 걸까? 우대혁도 충분히 잘 싸우긴 했다. 무토 요시노리가 펼치는 금나수의 위력은 박진택도 잘 알고 있다. 잡히면 빠져나가기란 요원하다.

아마 직접 잡힌 대혁도 쉽사리 뿌리칠 수 없는 기술이란 걸 이미 알았을게다.

그런데 그의 표정은 왜 저렇게 밝은가. 박진택이 침을 꿀꺽 삼켰다. 싸움은 아직 끝나지 않은 게 분명했다. 대혁의 입꼬리가 스물스물 올라갔다.

"그 반대의 경우는 제 승리고요."

한 순간이었다.

대혁은 팔을 빼려고 힘을 주지 않았다. 오히려 한 발자국 더 깊숙이 파고들었다. 그 속도가 지금까지와는 전혀 달랐다. 몇 배속이라도 한 듯 폭발하는 쾌속이었다.

터엉!

무토 요시노리조차 이번엔 인지하지 못했다. 체중을 실은 대혁의 어깨가 무토 요시노리의 가슴팍을 친 것이었다. 예상치 못한 충격에 무토 요시노리는 대혁의 손을 놓쳤다. 대혁은 멈추지 않고 무토 요시노리를 추격했다. 승리를 굳힐 시간이었다.

대혁은 휘청거리는 무토 요시노리에게 밭다리를 걸어 뒤로 넘겼다.

털썩.

그의 상체가 무너져 바닥에 닿았다. 무토 요시노리는 벌러덩 누워버린 꼴이 되었다.

"……."

적막. 충격. 따위로 단어로 표현할 수 있는 분위기가

연무장을 휩싸 안았다.

졌다. 무토 요시노리가. 일본 최강의 헌터이자, 검객, 무술인인 그가 한국에서 온 헌터에게 패배했다. 그것도 무술 대련으로.

"이럴… 수가….

니시노가 입을 쩌억 벌렸다. 무토 요시노리의 패배를 믿을 수 없었다.

"뭐야, 저거. 대체"

그녀는 이 상황 자체를 받아들일 수 없는 듯 했다. 그녀의 옆에 서있는 박진택 역시 니시노 만큼이나 충격을 먹었지만, 그나마 상황을 분석하기 위해 노력했다.

"한 순간 빨라진 움직임. 그건 기공이었어… 기공을 쓸 수 있었단 말인가?"

대혁은 땀을 훔쳤다.

"후… 빡센거."

대혁은 한 숨을 몰아쉬었다. 기공을 익힌 보람이 있었다. 한순간에 이끌어낸 폭발적인 움직임이 아니었다면 무토 요시노리를 제압할 수 없었을 것이다. 그가 무토 요시노리를 향해 손을 내밀었다.

넘어져 있던 무토 요시노리가 대혁의 손을 잡고 천천히 일어났다.

"완패…입니다. 그보다 기공을 쓸 줄 알았다니….

"배운지 얼마 안 돼 미숙합니다."

무토 요시노리는 비교적 담담한 목소리로 패배를 인정했다. 무의 길을 걸어온지 어언 40여년… 패배라는 단어는 그에게 어울리지 않았다. 마지막으로 패배한지가 언제였는지도 이제 기억이 나지 않을 정도였으니까.

대혁은 이 좋은 기분을 유지하고 싶었다. 대혁이 말했다.

"승패를 떠나 좋은 대련이었습니다. 일본 최강의 무인다우십니다. 확실하게 느꼈습니다. 제가 졌어도 할 말이 없을 정도로요. 바로 다음 대련을 할 까요?"

"예."

충격이 채 가시기도 전에 무기를 사용하는 대련이 시작됐다.

대혁은 적당한 무게감과 길이의 칼을 집어 들었다.

딱히 주무기라고 부를만한 것이 대혁에게는 없었다. 그나마 칼이 익숙했다.

무토 요시노리는 일본도를 들었다. 무토 요시노리의 애병은 도츠카노 츠루기라는 길이가 3m가 넘는 일본도였으나, 지금은 날 길이 80cm 정도의 적당한 카타나를 집어들었다.

스르릉.

선득한 냄새가 나는 일본도였다. 첫 번째 패배이후로 무토 요시노리의 분위기는 미묘하게 바뀌었다. 정적이고, 눈빛도 여전히 깊었지만, 거기에 냉막한 기운이 더해졌다.

대혁은 칼을 들고 기회를 엿봤다. 맨몸과는 달리 칼을 든 대결은 잘못하면 큰 중상을 입을 수도 있다. 대혁은 무토 요시노리의 주변을 빙글 빙글 돌았다. 무토 요시노리가 일본도를 들고 있는게 아니라, 그 자체가 한 자루의 일본도인 듯 했다.

쨍!

"……."

대혁은 천천히 기회를 엿볼 심산이었지만, 무토 요시노리는 아니었다. 한순간에 결판이 나버렸다. 무토 요시노리의 주변을 돌며 기회를 엿보고 있는데, 섬광이 대혁의 미간을 쪼개며 떨어졌다. 대혁은 본능적인 움직임으로 칼을 들어 섬광을 막았다. 하지만 칼날이 절반으로 잘라냈다. 쥐고 있는 검병이 부르르 떨었다.

'엄청나군.'

대혁은 인정할 수 밖에 없었다. 맨몸과는 달리, 무기를 든 대련은 무토 요시노리에게 비벼볼 수 조차 없었다.

지켜보고 있던 니시노와 박진택도 침을 꿀꺽 삼켰다.

'역시 차원이 달라.'

무토 요시노리는 검집에 검을 돌려보냈다. 대혁은 깔끔하게 결과에 승복했다.

"이것으로 승부는 난 걸로 할까요?"

"예. 이번엔 제 완패입니다. 이걸로 1승 1패군요."

"저에게도 좋은 대련이었습니다. 이제 어떻게 하실 겁니까?"

"후우… 일본에 온 목적이 있으니, 이제 가봐야겠죠."

"던전에 가신다고 들었습니다만… 특별히 원하는 아티 팩트가 있으신 겁니까?"

굳이 한국에 있는 던전을 놔두고 일본까지 찾아왔다는 것은, 일본의 던전에서만 나는 특수한 아티팩트를 찾고있 는것이라는 추론을 가능하게 했다. 무토 요시노리의 물음 에 대혁이 고개를 끄덕였다.

"아르실라를 찾고 있습니다."

"아르실라라면 굳이 던전에 가지 않으셔도 됩니다."

"그게 무슨…?"

대혁의 질문에 무토 요시노리가 입을 열었다.

4. 오니켄

4. 오니켄

"더미라고 아십니까?"

"더미요?"

무토 요시노리는 오히려 되물었다. 대혁은 고개를 갸웃했다.

"일본의 로봇공학은 세계에서도 정상수준입니다. 정부는 그 세계반열의 로봇공학에 헌터들의 마법, 그리고 던전에서 나오는 아티팩트들을 조합해서 대對 몬스터 결전병기를 만들 생각으로 프로젝트를 시작했습니다. 통제에 따르는 막강한 인간형 병기. 그걸 더미 프로젝트라 명명했습니다."

무토 요시노리의 설명을 듣자마자 대혁은 떠오르는 것이

있었다. 그 더미라는 것이 자신의 기술과 아주 흡사하지 않은가.

"…골렘?"

"예. 그것은 어떻게 보면 골렘과도 비슷하게 보입니다."

무토 요시노리도 대혁의 반응에 수긍했다. 그 역시 더미 프로젝트에 대해 자세한 건 알지 못했다. 하지만 정부에서 공표한 내용만 놓고 보면 그것이 대혁의 골렘과 아주 흡사한것은 사실이었다.

"하지만 한 가지 다른 게 있습니다. 벌써 수 년째 , 매 년 수천억 이상의 비용을 들여 개발중이지만, 아직 이 프로젝트는 걸음마 수준이란 겁니다. 거기에 우대혁씨의 골렘을 비한다면 거의 선사시대와 현대의 차이정도 되겠죠."

"그렇다면 제 존재가 마뜩찮겠군요."

대혁은 어깨를 으쓱하며 말했다. 그 비용만 매년 수천억씩 들여가며, 수백 명의 개발진이 쏟아부은 공로가 자신의 존재로 인해 모두 하찮게 돌아가는 것이나 마찬가지였다.

무토 요시노리가 고소를 머금고 고개를 끄덕였다.

"요 며칠 일본 매스컴이 떠들썩했습니다. 더미 프로젝트가 정말 양산이 가능한지, 실용적인 기술인지에 대해서요. 심지어 프로젝트 폐기론까지 나왔지요."

"그런데 갑자기 그런 얘기를 꺼내신 이유가 뭐죠?"

"더미 프로젝트는 걸음마 수준이지만 말씀드렸다시피, 각계의 기술들을 모두 합친 대형 프로젝트였습니다. 더미

의 몸체를 이루는 재료로 공교롭게도 대혁씨가 찾는 아르
실라를 사용했죠."

"아!"

대혁은 뭔가 깨달은 표정을 지었다. 무토 요시노리가 설
명을 덧붙였다.

"현재 일본에서 아르실라의 주산지는 도쿄돔 던전입니
다. 하지만 지금은 더미 프로젝트를 위해 도쿄돔 던전에 있
는 아르실라를 거의 모두 가져갔습니다."

"이런… 그럼 지금은 도쿄돔 던전에서 아르실라를 구할
수 없는 것입니까?"

"예. 거의 그렇다고 보시면 됩니다."

"……."

그렇다면 일본에 온 목적이 흐려진다. 대혁은 아르실라
를 구하기 위해 일본을 찾았다. 정확히는 도쿄돔 던전에 가
기 위해 일본을 찾은 것이다. 아르실라를 구할 수 없다면
일본에 있을 필요가 없다.

대혁의 안색이 살짝 어두워졌다. 그의 의중을 파악한 무
토 요시노리가 말했다.

"하지만 일본에서 아르실라를 구할 수 있는 곳이 한군데
더 있습니다.

"그곳이 어디입니까?"

"시부야입니다."

시부야는 도쿄의 최대 번화지역 중 한 곳이었다. 하지만

지금은 폐허에 가까운 곳이었다.

던전 브레이크가 도심을 휩쓸어버린 탓이다.

"하지만 지금 시부야는 위험하지 않습니까?"

박진택이 나섰다. 무토 요시노리가 고개를 끄덕였다.

"시부야는 버려진 지역이나 마찬가지입니다. 몬스터가 완전히 터를 잡고 있지요."

"상관없습니다. 어차피 던전도 위험한 건 마찬가지 아닙니까?"

대혁은 사실 시부야건 도쿄돔 던전이건 상관없었다. 박진택이 대답했다.

"하긴, 도쿄돔 던전도 3티어 던전이란 걸 감안하면… 시부야가 나을 수도 있습니다."

"그럼 그 쪽으로 가야겠습니다. 말씀 감사합니다. 하마터면 헛걸음을 할 뻔 했군요."

대혁이 고개를 숙였다.

"언제 떠나실 겁니까?"

"짐을 챙겨 바로 가볼까합니다."

"흠…."

무토 요시노리를 향해 박진택이 말했다.

"제가 우대혁씨를 시부야까지 안내해드려도 되겠습니까?"

"그것이 좋겠구나."

우대혁은 거절하려 했지만 박진택이 강한 어조로 말했다.

"저를 예의 없는 사람으로 만들지 마세요. 제가 이곳으로 모셨으니, 갈 때도 배웅하는 게 당연한 이치입니다."

◆

무토 요시노리는 자신의 방으로 돌아왔다. 그는 다다미 위에 정좌를 틀었다. 명상을 할 생각이었다.

우대혁.

그는 확실히 남다른 존재였다. 일본 S급 최강의 헌터로 수많은 헌터를 봐온 무토 요시노리 였다.

맨손격투가 진문인 일본의 헌터중에서도 자신을 넘어뜨릴 상대는 없다고 봐도 좋을 정도였다. 그런데 우대혁은 무토 요시노리가 예측하지 못한 공격으로 무토 요시노리를 바닥에 눕혀버렸다.

찍. 찌찍.

쥐가 찍찍거리는 소리가 났다. 명상에 들려는 무토 요시노리는 미간을 모았다. 이 소리는 단순히 쥐가 울어대는 소리가 아니다.

"마음의 정돈이 잘 되지 않는 모양이군."

자신만 있어야 할 방에서 타인의 목소리가 들렸다. 무토 요시노리는 번쩍 눈을 떴다.

무토는 밑을 내려다 보았다. 짙은 그림자가 져 있었다. 아직 이런 그림자가 질 시간은 아니라고 생각한 순간, 그림자는 스물 스물 움직였다. 무토요시노리의 시선을 즐기기라도 하듯, 그림자는 천천히 벽면으로 움직였다.

벽면에 올라탄 그림자가 형체를 바꾸었다. 반달처럼 휘어진 눈과, 날카로운 이가 들어 있는 큰 입을 가진 검은 두상이 그곳에 나타났다.

"종한량. 이곳까지 어쩐 일입니까?"

무토 요시노리는 얼굴 형태의 그림자에 대고 대뜸 말했다. 킥킥 거리는 소리가 났다.

"결정을 내리지 못하고 있는 것 같아 도와주려고 찾았지."

"……."

"고민하지 마. 그냥 죽여버려!"

"내가 선택한다고 쉽게 해결 할 수 있는 사안이 아닙니다."

무토 요시노리는 느꼈다. 어제의 대혁과 오늘의 대혁이 다르다. 니시노, 박진택과 대련할 때 그는 기공에 대해 전혀 모르는 눈치였다. 수련의 흔적도 찾아볼 수 없었다.

하지만 오늘은 어떤가? 비록 투박했지만 기공을 이용해서 자신에게 한 방 먹였다.

하루만에 기공을 터득한다는 건, 무토 요시노리로써도 들어 본 적도 없다.

더군다나 그의 본실력은 '골렘' 을 이용하는 기술을 사용할 때 드러나는 것이 아닌가.

그를 죽인다는 건 말처럼 쉬운 게 아니다.

"그래? 그렇다면 '그 힘'을 사용하면 되잖아."

얼굴 모양의 그림자, 종한량은 '그 힘'에 대해서 언급했다. 그의 말이 맞다. 그 힘을 사용한다면 이길 수 있을것이라고 무토 요시노리도 생각했다.

"오늘 그와 대련을 하고 느낀 것이 있습니다."

"뭐지?"

"그를 가만히 내버려두면… 레버넌트의 앞날에 화근이 될 지도 모른다는 걸요."

"키키킥. 그럼 결정한 건가?"

"예."

"좋아. 기대하지. 킥"

그림자가 벽면에 스며들 듯 옅어지더니 사라졌다. 무토 요시노리는 그 자리에서 일어나 벽장을 열었다.

그곳에, 한야가면과 3m가 넘는 거대한 노다치가 걸려있었다.

◆

"생각해봤는데, 넌 정말 강한 것 같아. 인정할게."

짐을 들고 나오는데 니시노가 말했다. 대혁이 피식 웃었다.

"무슨 심경의 변화지?"

"나에겐 스승님이 신이나 마찬가지였어. 절대 흔들리지 않고, 절대 지지않지. 하지만 오늘 신이 졌어. 비록 한 번이지만."

"그는 강하지만 신이 아니라 인간이야. 그리고 인간은 누구나 지기 마련이고."

"그건 맞아. 오늘 눈이 트인 기분이야."

니시노가 머쓱하게 웃으며 손을 내밀이다

"나나세. 내 이름은 니시노 나나세야."

"그래."

대혁은 그녀의 손을 잡아 흔들어주곤 박진택이 기다리고 있는 장소로 이동했다.

박진택은 생각에 잠겨 있었다. 그는 무토 요시노리와 대혁이 대련하기 직전에 자신을 찾아왔던 인물을 떠올렸다.

사와무라 테츠야. B급 헌터이고 이 도장의 문하 30명중 하나다. 그는 하나자와 켄고에게 무술을 배웠고, 그와 각별한 사이기도 했다.

사와무라 테츠야는 켄고가 죽은 이후로는 며칠째 도장에 나오지 않고 있었다. 심지어 하나자와 켄고의 장례식에도 나오지 않았다. 그가 갑자기 나타나 박진택에게 할 말이 있다며 나타난 것이다.

"나카무라 사범님. 큰 스승님이 이상한 것 같아요…."

"그게 무슨 얘기지?"

"하나자와 사범이 죽기 전에 저에게 전화를 걸었었어요."

박진택은 눈을 크게 떴다.

"뭐? 켄고가 뭐라고 했지?"

"아무 말도 하지 않고… 잠시 후 전화기가 끊겼어요."

"근데 그게 왜? 뭐가 이상하단거야?"

"하나자와 사범님의 시신 보셨죠?"

"물론…."

하나자와 켄고는 가족이 없었다. 덕분에 상주노릇을 한 박진택이었다.

그의 시신역시 봤다. 전신에 크고 작은 상처들. 네크로맨서에게 당했을 것이 분명한.

"저도 사실 그날 장례식장에 갔었어요."

"뭐?"

"사람들이 북적일 때 잠깐 갔었어요. 그리고 시체도 봤죠."

"……."

"이상한 점 못 느끼셨어요?"

"뭐가 이상했다는 거지?"

"심장쪽에 상처. 그건 다른 상처와는 달랐어요. 마구잡이로 찌른 상처가 아니라, 검을 극도로 연마한 사람들이 낼 법한 정교한 공격에 당한 상처였어요."

박진택은 그 상처를 떠올려보려고 했지만 좀처럼 떠오르지 않았다.

"그게 대체 스승님과 무슨 상관이라는 거야? 설마 스승님이 하나자와 켄고를 죽였다는 거야? 자신의 애제자를?"

사와무라 테츠야는 고개를 푹 숙였다.

"……어요."

"……!"

박진택은 입을 쩍 벌렸다. 그 말이 사실이라면 충격적인 사건이었다. 박진택은 사와무라 테츠야를 돌려보냈다. 그의 말이 뒤통수를 망치로 한 대 친 것처럼 박진택을 얼얼하게 만들었지만, 확증을 찾을 때까진 스승을 함부로 의심할 순 없었다.

천천히 해결해야 할 문제였다.

"박진택씨."

우대혁이 박진택을 불렀다. 박진택은 상념에서 빠져나왔다.

"아, 오셨군요. 그런데… 짐은 그게 전부였었나요?"

대혁은 백팩하나를 메고 있었다.

"예. 올 때도 이것 뿐이었습니다."

어차피 다른 것은 모두 아이템 슬롯에 있었다. 굳이 짐을 잔뜩 들고 올 필요는 없었다.

"그럼… 가시죠. 제가 운전하겠습니다."

둘은 박진태의 도요타에 올랐다. 같은 도쿄라지만 시부야까지는 차로 30분정도 거리였다. 중간중간 상태가 좋지 않은 도로도 많았지만 박진택은 어렵지 않게 운전했다.

"그러고보니 말씀안드렸군요. 시부야에 주로 출몰하는

몬스터는 아그리아입니다."

"아그리아요?"

"흑빛의 들소같은 모습을 가진 몬스터라고 생각하면됩니다. 다만 뿔도 훨씬 위협적이고 돌진하는 힘이 강하죠. 시부야 사거리 츠타야 던전이 폭발하며 쏟아진 몬스터입니다. 츠타야 던전이 5티어였으니, 그렇게 만만한 놈은 아닙니다."

"그렇군요. 시부야에 도착하면 내려주시고, 박진택씨는 그냥 돌아가셔도 좋습니다."

"초입까지는 함께 해드리겠습니다."

"……."

근처에 가까워질수록 황폐화된 도시가 맨살을 드러내 보였다. 마치 묵시록에 등장하는 광경처럼 도시는 무너져 있었다. 도로가 뒤틀려있고, 건물은 철근과 콘크리트를 노출했다.

"여기서부턴 걸어서 들어가시죠."

두 사람이 차에서 내렸다. 박진택은 자신의 일본도를 들고 내렸다.

대혁은 건물의 잔해에서 스톤 골렘과 아이언 골렘을 소환했다.

"…그게…."

골렘을 처음 보는 사람들이 그렇듯이, 박진택도 같은 표정을 지었다.

"아르실라를 구하기 위해선 던전이 있던 츠타야 서점 던전까지 들어가야 합니다."

"츠타야 던전은 어느 쪽이죠?"

대혁은 그저 방향을 물었다. 박진택이 손가락으로 한 방향을 가리켰다.

"일단 저쪽이긴 합니다만…."

푸욱. 푸학. 푸드득

그때 거친 투레질 소리가 들렸다. 무너진 건물의 뒤편이었다. 대혁과 박진택의 시선이 동시에 그쪽으로 움직였다.

"마중을 나온 녀석이 있는 모양이군요."

박진택은 약간 긴장하면서 검병을 만지작 거렸다. 언제든지 검을 뿌리기 위함이었다.

잔해 뒤쪽에서, 검은 소 한마리가 나타났다.

뿔의 길이만 1m가 넘어보였고, 덩치는 웬만한 대형차만 했다.

"저도 직접 보는 건 처음입니다. 위압감이 상당하군요."

박진택이 중얼거렸다. 하지만 그도 S급 헌터이니만큼 수많은 몬스터를 상대해왔다.

덩치가 크다고 무조건 강한건 아니다. 5티어 던전의 몬스터 한마리쯤이야 자신도 충분히 상대할 수 있다고 판단했다. 그때였다.

투웅—!

수십m 밖에 있던 흑소가 땅을 박찼다. 검은 잔영이 쭉 늘어졌다.

박진택이 검을 뽑아들려고 하자 대혁이 만류했다.

"제가 할게요. 힘 아끼세요."

대혁이 파쿨타템을 만지작 거렸다. 공간이 일렁이며 검은 문이 열렸다.

파아아아악−!

문이 열리자 마자 그곳에서부터 불기둥이 솟아져나갔다. 불기둥은 달려오는 흑소를 겨냥하고 쏘아졌다.

그 화염의 화력은 흑소를 멈추게 하기에 충분했다. 그뿐만이 아니었다. 지글거리며 고기가 익는 냄새가 나기 시작했다.

"⋯⋯."

박진택은 입을 떠억벌렸다. 검은 문에서 불기둥을 쏘아내는 존재가 모습을 드러냈다. 파이어 골렘이었다. 파이어 골렘 세 기가 화력을 집중한 것이었다. 파이어 골렘은 파쿨타템의 밖으로 나오면서도 불을 발출하는 일을 멈추지 않았다. 박진택에게도 후끈후끈한 열기가 느껴질 정도였다.

"이⋯ 이게 골렘을 쓰는 우대혁씨의 본 실력인가?"

순간 S급 헌터인 자신이 한 없이 작게 느껴지는 박진택이었다.

◆

"시부야는 던전브레이크 이후 버려지다시피 한 곳입니다."

"그런데 왜 재건하지 않죠? 도쿄에서 가장 발전했던 지역중 하나가 아닌가요?

"재건하지 않는다기 보단… 딱히 여력이 없는 것일 겁니다. 이곳뿐만 아니라 비슷한 장소가 몇 군데 더 있거든요."

"흠."

박진택은 걸어가면서 힐끔 힐끔 골렘을 쳐다보았다.

가장 전방에선 아이언 골렘 두 기와 타이탄 골렘이 걸어가고 있었다.

아이언 골렘은 전신이 무쇠였고, 타이탄 골렘은 그 덩치만 보더라도 위용이 대단했다.

아직 직접 싸우는 모습을 보진 못했지만, 저런 거체를 가진 골렘들의 전투력이야 보지 않아도 막강할것이 분명했다.

박진택은 뒤쪽도 힐끔거렸다. 뒤 편에선 파이어 골렘 세기가 널찍이 거리를 두고 퍼져서 따라오고 있었다. 파이어 골렘이 뿜어내는 화력은 아까 직접 목도한 바가 있었다.

5티어 던전의 몬스터 아그리아를 순식간에 스테이크로 구워버릴 만한 위력을 가지고 있다.

'말이 혼자지, 이건 전문적인 레이드 팀 수준 아닌가?'

박진택은 침을 꼴깍 삼켰다. 시부야 폐거리는 분명 위험한 지역이었다. 골렘을 보기전까지만해도, 박진택 역시 우대혁에게 이곳은 '위험한 곳' 이라고 누차 얘기했다.

하지만 골렘을 본 박진택은 그 발언을 주워담고 싶은 심정이었다.

위험하긴 개뿔! 이다.

어제 박진택은, 우대혁에게 패배한 후 겉으로는 담담한 척을 했지만 속으론 분해서 속이 쓰릴 지경이었다.

하지만 지금은 질만해서 졌다는 생각밖에 들지 않았다.

'전투력만 놓고 본다면 S급 헌터와도 비교할 수 없어. 새로운 헌터구간을 개설해야할지도 모를 정도야.'

그것이 박진택의 솔직한 감상이었다. 츠타야 서점을 향해 유유자적하게 걷던 대혁이 박진택을 돌아봤다.

"그런데 이곳은 일반인 뿐만 아니라 헌터도 보이지 않는군요."

"말 그대로 버려진 지역입니다. 사냥터로써도 그리 매력적인 곳이 아니죠. 관리되고 있는 수 많은 던전이 있으니까요."

"그런데 무토 요시노리씨는 이곳에 아르실라가 있다는 사실을 어떻게 안 겁니까?"

"그건 저도 모르겠습니다. 츠타야 서점 던전쪽에 있다고 얘기만 들어서 안내를 하는 것 뿐이니까요."

"……"

무툐 요시노리는 그 사실을 어떻게 할고 있던걸까. 무토 요시노리가 자신한테 거짓말을 할 이유는 없다. 알 수 있는 방법은 많다. 어찌됐든 그는 S급 최상위 헌터고 원한다면 다른 사람보다 많은 정보를 가질 수 있다. 그것은 같은 S급에 이름을 올리고 있는 박진택이라고 해도 예외는 아니다.

하지만, 만약에 아르실라가 여기에 없다면?

'그럼 괜한 헛수고인데.'

대혁이 머리를 긁적거렸다.

다행히도 그 걱정은 스톤 테일이 덜어줬다.

대혁은 시부야에 진입한 하자마자 나타난 아그리아를 구워버리고, 곧바로 스톤 테일을 소환했다.

스톤 테일은 대혁이 갈 루트에 미리 도달해 있었다.

츠타야 서점.

마스터리 레벨에 달한 스톤 테일과의 교감은 끈끈했다. 대혁이 집중하면 스톤 테일이 보고 있는 장면이 머릿속으로 떠오른다.

반파된 건물. 철골과 내부구조물이 드러난 츠타야 서점의 내부 한곳.

대리석바닥과 콘크리트 벽면에 마치 버섯처럼 자라 있는 것들.

'아르실라! 있었군.'

그것도 상당한 양이었다. 리치퀸의 몸체를 만들고도 남을 양이다.

'다른 골렘에도 활용할 수 있겠군.'

대혁의 얼굴이 반색을 띠었다.

"표정이 갑자기 좋아보이십니다."

"아, 예."

"좋은 생각이라도 나신겁니까?"

"찾았거든요."

"예? 뭘 말입니까?"

"아르실라요."

박진택은 뚱한 표정을 지었다. 대혁은 자신과 함께 계속 걷고 있었다. 하물며 일본의 지리에 능통한 자신도 어디있는지 모르는데 대뜸 대혁이 아르실라를 찾았다고 하니 이해가 갈리가 없었다.

"예… 그게 무슨?"

박진택은 의뭉스러운 표정으로 궁금증을 표했다. 그러다가 갑자기 머릿속에 번개가 쳤다.

"아! 혹시 아까 그 뱀같은 녀석들이…?"

"예. 스톤 테일. 주로 정찰용으로 쓰는 녀석들입니다. 이렇게 수색을 할 때도 요긴하죠."

"아….."

골렘들. 그것은 단순히 전투의 영역이 아니다. 대혁의 골렘은 전술적인 움직임에도 특화되어 있다.

그야말로 강화된 군인들이나 다름 없다. 아니 군인이 아니라 병기다. 그리고 대혁은 수많은 병기의 리모컨을 손에

쥔 조종사다.

일본정부가 추진하던 더미 프로젝트가 성공했더라면 이런 형태일까?

'성공했다면 정말 막강했겠군.'

하지만 결과적으로 실패나 마찬가지였다. 대혁은, 일본이라는 강국이 많은 힘을 쏟아부어 가지고 싶어한 힘을 갖고 있다.

"길 안내는 여기까지 하셔도 됩니다."

"괜찮습니다. 조금 더 같이 들어가도….."

대혁이 고개를 저었다.

"충분합니다."

완강한 거절의사였다. 박진택은 고개를 끄덕였다.

"예. 그럼 저는 이만 돌아가보도록 하겠습니다. 찾으시는 물건 부디 찾으시길 바라겠습니다."

"고맙습니다."

"그리고… 기억에 남을만한 만남이었습니다."

무의 길을 추구하는 박진택에게 '강함'이란 갈고 닦아나가야 할 삶의 자세였고 '강한 자'란 동경의 대상이었다.

대혁은 강한 자였다.

비록 방식은 자신의 무와는 조금 다른 방향이지만.

그의 강함이란 의심할 나위가 없었다.

어쩌면 자신이 아는 최강자. 무토 요시노리보다 강할지도 몰랐다.

골렘의
장인 2

"그럼."

박진택은 아쉬운 표정을 숨기지 못한 채 목례를 했다. 그리고 자신의 도요타를 세워뒀던 시부야 초입으로 달려가기 시작했다.

골렘들이 달려서 멀어지는 박진택의 모습을 시선으로 배웅했다.

"뭘 멀뚱히 서 있어? 우리는 계속 가야지."

대혁이 걷기 시작하자 골렘들 역시 진형을 무너뜨리지 않고 움직이기 시작했다.

푸히힉! 푸학!

얼마 걷지 않아 투레질 소리가 들렸다. 아그리아였다.

이번엔 한 마리가 아니라 두 마리가 나타났다. 덩치도 더 컸다. 소형 트럭만한 녀석들이었다.

쾅!

아그리아는 대혁을 향해 돌진했지만 타이탄 골렘과 아이언 골렘에 의한 저지선을 뚫지 못했다.

화아아아악-!

골렘 저지선이 아그리아를 막아내는동안 붉은 화염기둥이 세 방향에서 각기 쏘아졌다.

지글거리며 아그리아의 피부가 타들어가는 소리가 났다. 화염은 아그리아 뿐만 아니라 아그리아를 막고 있는 골렘에게까지 영향을 미쳤다.

불기둥은 골렘의 몸을 구성하고 있는 철조차 녹여버릴

정도로 고온이었다. 쇳물이 뚝뚝 떨어졌다.

"수복."

하지만 아그리아와 골렘의 차이점이 한 가지 있다면 아그리아는 화염기둥의 공격을 고스란히 몸으로 감내하고, 회복의 여지도 없이 죽음이란 계단을 건너야 하지만 골렘은 대혁의 수복으로 재생이 가능하단 점이었다.

녹았던 쇳물이 또르르 굴러 골렘의 발치로 흡수되었다.

"그만."

대혁이 지휘자처럼 공격의 끝을 고하자 불기둥이 뚝 그쳤다.

형체를 알아볼 수 없을 정도로 시커멓게 타버린 아그리아는 석탄 처럼보였다.

퍼석!

기우뚱 옆으로 무너진 아그리아의 몸체가 부서졌다.

대혁은 아그리아를 지나쳐 가로를 타고 천천히 걸어갔다. 대혁이 두려워서 나타나지 않는 건지, 원래 몬스터가 얼마 없는것이었는지 아그리아는 더 이상 모습을 드러내지 않았다.

곧 시부야 사거리에 도착할 수 있었다. 시부야 사거리에 있는 건물들은 하나같이 붕괴되어 제 모습을 간직하고 있는 건물을 찾아볼 수 없었다.

시부야사거리의 상징적인 건물, 츠타야 서점 역시 간직한 역사가 허무할정도로 흉물스럽게 반파되어 있었다.

대혁은 그 잔해위를 천천히 걸어서 스톤 테일이 신호를 보내고 있는 곳으로 갔다.

"그래, 잘했다."

고개를 빳빳이 들고 칭찬을 기다리는 스톤 테일의 머리를 툭툭 친 대혁은 아르실라를 캐기 시작했다.

아르실라는 점토처럼 말랑한 감촉을 가지고 있었다.

이것을 빚어 형태를 만들고, 리치퀸의 라이프 포스로 마력과 영혼을 주입하면 그녀는 되살아 날 것이었다.

비록 리치퀸의 본래 신체는 아니지만.

"최대한 정성들여 만들어줄 테니 걱정 말라고."

대혁은 주변에 있는 아르실라를 모두 긁어 모았다. 골렘 열 기는 만들 양이었다.

"옮겨."

대혁은 파쿨타템을 열었다. 골렘은 파쿨타템의 내부로 아르실라를 모조리 옮겼다.

"이제 고국으로 돌아가볼까?"

며칠 떠나 있지도 않았는데 향수병이 생기는듯했다. 노바틱 행성에서 20년의 세월은 어떻게 버텼는지.

파쿨타템의 입구를 닫고 방향을 틀어, 걷기 시작할때였다.

서걱!

앞에서 걸어가던 아이언 골렘이 너무도 쉽게, 반으로 잘렸다.

대혁이 눈을 꿈벅이는 사이, 두 번째 아이언 골렘이 반으로 잘려나갔다. 세로로 길게 쪼개진 첫 번째 골렘과는 달리, 이번엔 가로로 잘려나갔다.

두 기의 골렘이 당하자마자, 타이탄 골렘이 움직였다. 거대한 창이 후웅– 바람을 갈랐다.

터엉!

상대는 거창을 가볍게 튕겨냈다. 그리고 타이탄 골렘의 왼팔을 너무도 쉽게 잘라냈다. 검은 계속 움직여 타이탄 골렘의 몸에 실선을 그렸다.

투투툭.

그어진 실선을 따라, 타이탄 골렘의 몸이 모두 무너져 내렸다.

"쏴."

대혁이 뒤늦게 파이어 골렘에게 명령을 내렸다. 화염기둥이 전방을 때렸다.

"저건 뭐하는 놈이지?"

대혁은 바람처럼 빠르게 움직이는 놈의 모습을 포착했다. 상대는 이상한 가면에, 거대한 일본도를 들고 있었다.

한 가지는 확실했다.

"몬스터는 아니다."

서걱. 서걱. 서걱.

맹렬하게 쏘아대던 불기둥이 그쳤다.

대혁이 중지명령을 내린것도, 골렘이 자의적인 판단으로

불기둥을 멈춘 것도 아니다. 강제적인 것이었다.

한야가면의 남자가 어느새 수십m의 거리를 격하고 파이어 골렘의 뒤편에 나타나서 검을 휘두른 것이었다. 타이탄 골렘을 베었던 남자의 검은, 파이어 골렘의 몸체 역시 가뿐하게 절단했다.

"누구인지는 모르겠지만 도깨비 같은 솜씨군."

"......"

"왜 나를 공격하는 거지? 나는 너를 모르는데."

"......"

"벙어리인가?"

"사람들은 저를 오니켄이라고 부릅니다."

"…목적은?"

"우대혁. 그대의 목숨입니다."

오니켄이 노다치를 눕혀 들었다. 검끝이 대혁의 목과 일직선상에 놓였다.

대혁이 양손을 들어 황당하다는 제스쳐를 취했다.

"난 왜 이렇게 스토커가 많은 거야? 그것도 정신나간 놈들로만 모아났군. 시도때도 없이 죽여댄다는 날파리만 꼬이는 걸 보면."

대혁은 말을 하면서 슬롯에서 티타늄 큐브를 꺼내들었다.

촤라락!

티타늄 큐브를 바닥에 뿌리자 오니켄은 경계하며 뒤로 두, 세걸음 물러났다. 티타늄 큐브가 모두 골렘으로 변했다.

"선수필승!"

오니켄이 노다치를 앞세워 달려들었다. 티타늄 골렘들도 오니켄을 저지하기 스크럼을 짜 전진했다.

캉!

노다치가 티타늄 골렘을 두드렸다. 쇠끼리 부딪히는 소리가 났지만, 아까처럼 몸이 잘려나가진 않았다.

"……!"

오니켄은 두번째 검격엔 오러를 실었다. 뭉실거리며 피어난 적색의 기운이 오니켄의 검을 물들였다.

서겅!

티타늄 골렘도 오러가 감싼 검격을 견디진 못했다. 검은 부드럽게 움직여 티타늄 골렘을 모두 베어냈다.

골렘을 쓰러뜨린 오니켄이 당당하게 말했다.

"말했지요? 당신의 목숨은 오늘 내가 거둬간다고."

대혁이 피식 웃었다.

"아직 워밍업도 안했어."

파쿨타템이 열렸다. 그 안에서 불기둥이 쏟아져 나왔다. 오니켄은 자신을 향해 쏟아지는 불기둥을 피해 몸을 날렸다.

파쿨타템의 안쪽에서 부터, 골렘들이 걸어 나오기 시작했다. 제식이라도 맞춘듯 규칙적으로 골렘 수십 기가 안쪽에서부터 쏟아져 나왔다.

"수복."

그리고 오니켄이 베어넘겼던 골렘들도 되살아나기 시작
했다.

"......."

순식간에 기백이 넘는 골렘들이 시부야 사거리위를 채웠
다. 오니켄은 멀거니 그 모습을 지켜보았다.

'누구지? 어딘지 모르게 낯이 익는군.'

대혁은 한야가면의 남자를 보며 속으로 생각했다.

오니켄이 다시 대혁을 향해 달려들었다. 골렘 몇은 베어
넘어뜨리고 몇몇의 머리는 타넘는 식으로, 날다람쥐처럼
민첩하게 움직였다. 골렘 두 세기만이 대혁의 앞을 가로막
고 있는 순간이었다.

타앙!

대혁이 먼저 땅을 박찼다. 그의 손엔 롱소드가 들려 있었
다. 대혁은 골렘이 막고 있는 사각의 틈새로부터 검을 올려
쳤다.

'닿는다.'

서걱!

대혁이 베자마자, 오니켄은 뒤로 재주를 넘어 거리를 벌
렸다. 대혁은 구태여 쫓지 않았다.

땅에 두쪽난 한야가면이 떨어져 있었다.

대혁이 베었던건 그의 몸이 아니라 가면이었다.

"이제,그 비싼 얼굴을 공개할 시간인가?"

대혁이 비아냥댔다.

오니켄은 손바닥으로 가리고 있던 손을 천천히 내렸다. 얼굴을 확인한 대혁의 동공이 확장되었다.

대혁이 입을 열었다.

"무토 요시노리?"

◆

무토 요시노리는 대답하지 않았다. 노다치의 검병을 쥔 손이 부르르 떨리고 있었다. 무토 요시노리는 자신과 우대혁의 실력을 가늠해보았다. 우대혁과 자신. 그리고 골렘들과 자신. 방금의 한 수까지도.

무토 요시노리는 고개를 저었다.

자신의 칼 끝에 그의 목을 닿게 할 자신이 없었다.

'평생 쌓아온 수련이 이토록 얕았단 말인가… 부질없구나.'

거리를 가득 메운 골렘병단. 그 골렘들 하나하나도 쉽지 않았다. 골렘을 모조리 쓰러뜨린다는 것은 어불성설이다. 숫자도 숫자일뿐더러 골렘은 계속해서 재생하고 있었다. 골렘을 쓰러뜨리다가 먼저 자신이 지칠 것이다. 그렇다면 우대혁을 먼저 치는 전술은 어떠한가. 무토 요시노리는 멀찍이 있는 우대혁을 보았다. 골렘들이 호위하듯이 우대혁을 둘러싸고 있다. 조종자인 우대혁을 죽일 수 있다면 구태여 골렘을 상대할 필요도 없겠지만, 그러기 위해선 골렘을 뚫고 나가서 우대혁에게 도달해야한다. 어찌어찌 골렘의 공세를 뚫으며 우대혁에게 닿았다고 해도 끝이 아니다. 우대혁 자체의 무력또한 만만치 않다.

"허허…."

무토 요시노리는 허탈한 마음에 헛웃음을 터뜨렸다. 자신이 쌓아온 무술과 본신의 능력만으론 이길 수 없다. 공략법이라곤 도무지 찾아볼 수 없었다.

무토 요시노리는 속에서 끓어오르는 호승심을 느꼈다.

그래… 그렇기 때문에 자신은 사도를 선택한 것이다. 정공으로는 분명한 한계점이 있기에.

도달하지 못할 영역이 존재하기에.

더 강해지기 위해서.

보지 못한 무의 끝을 보기 위해서.

인간으론 도달할 수 없는 경지에 도달하기 위해서.

인간을 버리고 도깨비가 된것이다.

귀살스러운 적의를 뿜어내는 무토 요시노리를 보며 대혁은 고개를 까딱였다. 몇 시간 전까지만 해도 그렇게 정중하던 사람이었다.

그런데 자신을 죽이려고 검을 휘두르다니.

작금의 흘러가는 상황이 쉽게 납득이 될 리 없었다. 우대혁이 물었다. 그가 무슨생각을 하는지 알고싶었다.

"뭐하자는 겁니까?"

"우리가 가는 선로위에 놓인 돌뿌리를 치우는 작업을

하는 겁니다. 당신은 걸림돌이 될 수 있어요. 그래서 말했듯이, 오늘 내가 당신의 목숨을 취할 겁니다."

"아니, 그거 말고. 대체 왜 나를 공격하는 겁니까? 무토 요시노리는 부족한 것이 없는 인간 아닙니까? 대체 뭐 때문에 나를… 그리고 우리라니? 당신 말고도 나를 죽이려는 사람들이 더 있는 건가?"

그 말에 대답한건 무토 요시노리가 아니었다. 대혁의 뒤편에서 작게 중얼 거리는 소리가 났다.

"오니켄…."

대혁은 뒤를 돌아보았다. 먼저 돌아가기로 했던 박진택이 그곳에 있었다. 그가 멍한 표정으로 중얼거렸다. 그럴 수밖에 없는것이 무토 요시노리는 자신의 사부였다. 늘 바른길에 서 있던 상록수같은 사람이었다. 자신이 쫓고 있는 우상이고 역할모델이었다. 흔들리는 시선의 끝은 무토 요시노리에게 닿아 있었다.

"사부님이 오니켄이었다니…."

그는 믿기지 않는 듯한 얼굴로 '오니켄'을 입에 담았다. 적잖은 충격을 받은 듯 천천히 걸어 대혁의 옆에 선 그가 뚫어져라 무토 요시노리의 얼굴을 쳐다봤다. 자신의 눈을 의심하는 듯 했다. 하지만 몇 번을 보든 그의 얼굴이 바뀔 리 없다. 분명한 자신의 스승, 무토 요시노리였다.

그리고 오니켄이었다. 대혁은 아까 무토 요시노리가 스스로를 오니켄이라고 지칭하는 것을 떠올렸다.

"오니켄이라니… 그건 대체 뭔소립니까?"

박진택에게 물었다. 선문답같은 소리를 하는 무토 요시노리에게 다시 묻기보단, 박진택쪽에 묻는 것이 답을 얻기 더 수월할 것이다.

박진택은 여전히 무토 요시노리로부터 시선을 떼지 못했다. 하지만 대혁의 말에는 답해주었다.

"오니켄. 한야가면과 하카마를 입고, 노다치를 무기로 쓰는 국제적인 블랙헌터 범죄집단, 레버넌트의 일원입니다."

레버넌트. 대혁 역시 그 이름은 어렵지 않게 떠올릴 수 있었다. 바로 얼마전 자신이 직접 죽였던 네크로맨서가 레버넌트의 소속이었지 않은가.

헌데 무토 요시노리같은 정명한 사람이 레버넌트였다니. 자신을 죽이려고 한것은 순간의 돌변이 아니다. 그는 처음부터 흉악한 인간이었던것이다.

"사부님이 레버넌트의 일원이라니… 대체… 대체 이게 어떻게 된 겁니까?"

"……."

무토 요시노리는 묵묵부답이었다. 대답해 줄 의사가 없는듯했다. 하지만 박진택은 재차 소리쳤다.

"예? 대체 어떻게 된 거예요? 대답해주세요!"

"…무극을 좇고 있다. 이게 나의 답이다."

"강해지기 위해서라고요? 스승님은 충분히 강하지 않습니까!"

"……."

흥분으로 거칠어진 숨을 몰아 쉰 박진택이 심호흡을 했다. 그리고 여진이 가라 앉지 않아 불안하게 떨리는 목소리로 말했다.

"…하나자와 켄고를 죽인 것도 스승님입니까?"

"……."

"그 날, 켄고는 스승님의 호출을 받았던 겁니다. 그리고 스승님은 네크로맨서와 작당해 켄고를 죽이고 켄고가 가지고 있던 목함을 뺏은 거겠지요."

"……."

"대답해! 당신이잖아! 그 때 켄고는 테츠야와 함께 사케를 마시고 있었어! 테츠야가 모두 말해줬지. 당신의 호출을 받고 나갔다가 시체로 돌아온거라고! 그… 심장… 심장을 꿰뚫었던 검이 그 노다치였던 건가?"

무토 요시노리는 아무 대답도 하지 않았다. 박진택은 부들부들 떨리는 손으로 검병을 잡았다.

스르릉.

박진택이 일본도를 뽑아 들었다.

"어이, 박진택씨. 진정해요."

대혁이 말했다. 하지만 흥분한 박진택의 귀엔 대혁의 말이 들리지 않았다.

"내가 죽여주마!"

박진택이 무토 요시노리를 향해 달려들었다. 십수 미터

의 거리가 있었지만 S급 헌터인 박진택에게 그리 먼거리는 아니었다. 두 세 번 땅을 박차자 순식간에 거리가 좁혀졌다.

검과 검이 맞부딪혔다.

채캉!

푸슉!

한 쪽 검이 꺾였다. 그리고 피륙이 갈라졌다. 당한쪽은 박진택이었다. 박진택의 몸에서 피분수가 뿜어졌다. 박진택역시 S급의 강자였지만 무토 요시노리의 상대는 아니었다. 무토 요시노리의 검이 박진택의 카타나와 가슴팍을 한꺼번에 겹쳐베었다.

털썩.

박진택의 신형이 허물어졌다.

"하… 개판이구만."

대혁이 머리를 벅벅 긁었다.

"모든 것은 대의를 위해…."

무토 요시노리가 조용하게 중얼거렸다. 대혁은 답답한 듯 한숨을 불어냈다.

"대의? 그건 또 뭔 개소립니까? 제자를 베어죽이는 게 요즘 대의에요?"

"……."

"그래요. 됐다칩시다. 대의건 레버넌트건 뭐건 나는 관심없어요. 다만…."

대혁이 손을 들어 올렸다. 그의 손짓에 반응이라도 하듯이 파쿨타템의 차원문이 열렸다.

"나를 죽이려던 사람을 가만히 놔둘 정도로 착한 사람이 아니라."

들어 올렸던 손이 내려갔다. 동시에 파쿨타템의 내부로부터 뭔가가 쏘아졌다.

쾅!

쾅!

파쿨타템에서 천둥이라도 치듯 요란한 소리가 터졌다. 무토 요시노리는 반사적으로 노다치를 휘둘렀다.

카―앙!

캉!

파쿨타템으로부터 사출된 물체는 눈으로는 포착할 수 없을만큼 빨랐다. 하지만 무토 요시노리는 반사적으로 휘두른 검으로 그 물체를 튕겨냈다.

'이런 힘이…….'

다만 물체에 담긴 힘이 너무 커서 무토 요시노리의 몸도 뒤로 붕 떠서 나가 떨어졌다.

'이건 대체…….'

무토 요시노리는 간신히 몸을 추슬렀다. 노다치 전체가 징징거리며 울어댔다. 진동하는 검을 양손으로 잡아 겨우 진정시킨 무토 요시노리가 고개를 들었다.

뒷머리를 긁적거리는 우대혁의 모습이 보였다.

"이건 아직 시제품이긴 한데. 그래도 막을 줄은 몰랐네."

파쿨타템의 내부로부터 새로운 골렘이 걸어나왔다. 전체적인 모습은 다른 골렘들과 크게 다를 바가 없었다.

다만 한 가지.

한 쪽 팔이 현저히 다르다. 기형이라고도 할 만한 생김새.

어깨에서 시작한 한 쪽 팔부분이 뭉툭하고 널찍한데에 반해, 손끝으로 내려갈수록 얇아진다. 하박 대신 길쭉한 원통형의 파이프같은 것이 자리잡고 있었다. 그 끝엔 손대신 탄환을 사출하는 총구가 있다.

대혁이 벌충설명을 했다.

"이름은 아직 안지었는데 라이플 골렘 정도가 어떨까 싶네."

라이플 골렘은 다시 팔을 들어 올렸다. 총구의 끝을 무토 요시노리에 대고 겨냥했다. 50구경짜리 대전차용 저격소총 바렛보다도 구경이 큰 화기였다. 저 탄환에 맞으면 몸이 관통 당하는 것이 아니라, 찢기고 터져 나간다.

쾅!

총구가 불을 토했다.

무토 요시노리는 동시에 몸을 날렸다. 아슬아슬한 차이였다. 무토 요시노리가 몸을 비키자 마자 그 위로 탄환이 떨어졌다. 아스팔트 도로가 깨져나갔다.

대구경 총을 발사하는데도, 골렘의 몸은 반동을 거의 완벽히 흡수해 잔흔들림정도 밖에 보이지 않았다. 총구는 곧장 무토 요시노리의 움직임을 따라 움직인다.

"……."

무토 요시노리는 움직임을 멈췄다. 도처에 골렘이 깔려 있다. 어차피 도망갈 데도 없었다.

"포기한 겁니까?"

대혁이 말했다. 레버넌트는 국제 범죄집단이었다. 그들로 인한 사상자만 해도 헤아릴 수 없었으며, 국제적인 혼선과 트러블을 일으키는 존재였다. 그 사실만으로 처단해 마땅한데, 대혁의 목숨을 노려 덤벼들었다.

용서할 필요가 없다.

평소엔 무토 요시노리라는 선한가면을 쓰고 생활했다고 하지만. 본 모습은 오니켄이다. 저 모습으로 수많은 살육을 자행하거나, 스스로가 범죄의 감독이되어 지켜봤을 것이다.

푸욱!

무토 요시노리는 노다치를 거꾸로 세워 땅에 박아넣었다.

도저히 이길 수 없다. 그것이 무토 요시노리의 판단이었다.

우대혁이라는 사람은 무토 요시노리 자신만의 힘으로는 감당할 수 없다.

"규격외의 거력에는… 마찬가지로 상정불가한 힘으로 대적함이 마땅하겠지요."

무토 요시노리가 중얼거렸다.

"뭐?"

"내가 왜 오니켄이라 불리우는지 보여드리겠습니다."

순간, 무토 요시노리의 몸에서 거대한 기가 방출되기 시작했다. 정적이던 무토 요시노리와의 기운과는 상반된, 폭발적이고 살의와 적의가 점철된 기운이었다.

우둑. 우두둑.

기의 흐름뿐만이 아니라 육체도 변화하기 시작했다. 뼈가 꺾이고 살이 움푹 파여들어가거나 비대하게 부풀어 올랐다. 연주황의 살빛도 적홍색으로 물들어가기 시작했다.

그것은 마치 인간이 괴물로 탈피하는 과정을 보는듯했다.

그로테스크한 장면이었다. 하지만 우대혁은 팔짱을 끼고 그가 괴물이 되어가는 과정을 무심한 눈빛으로 보고 있었다.

그리고, 그런 그를 지켜보는 하나의 시선이 더 있었다. 빌딩 어딘가의 뒤편 그림자에서였다. 킥.킥킥. 거리며 웃는 소리가 났다.

"키킥. 킥. 이제야 시작인가? 하품나와서 그냥 갈 뻔했잖아."

무토 요시노리의 방에 잠깐 모습을 드러냈던 종현량이었다. 그는 처음부터 숨어서 모든 상황을 지켜보고 있었다.

"그래. 오니켄. 네 진짜 모습을 보여줘. 우대혁을 죽이고, 무토 요시노리라는 허약한 껍떼기는 벗어버려."

오니켄은 레버넌트의 일원이었지만, 그동안 소극적인 활동만 하고 있었다. 만약 그가 적극적으로 레버넌트의 사역을 돕는다면 목적을 완수하는 일은 한결 수월해질 것이 자명했다.

"우대혁이라…여기까진 제법 선전했지만 오니켄은 무력만 놓고보면 레버넌트에서도 수위에 드는 강자. 네가 아무리 강하다고 해도 인간인 이상 한계는 있겠지."

탈피가 끝났다.

무토 요시노리는 인간을 벗어났다. 키가 2m50cm는 넘어보였다. 피를 뒤집어 쓴 것처럼 온몸이 붉었고 손톱도 곰의 것처럼 길고 두껍게 자랐다. 이마엔 구부러진 뿔 두개가 자라 있었다. 동공 역시 붉었고 어금니가 검치호처럼 툭툭 입술을 비집고 튀어나와 있었다.

3m가 넘는 대검 노다치가 그렇게 크게 느껴지지 않을 정도였다.

그때였다.

쾅!

다시 라이플 골렘의 총구가 불을 뿜었다. 탄환이 오니켄의 머리를 직격했다.

5. 종현량

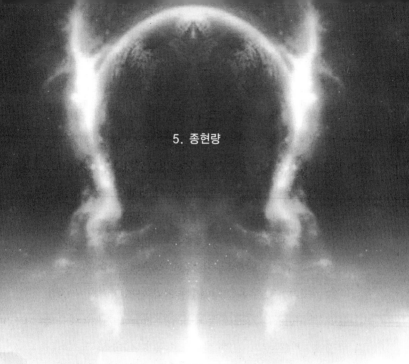

5. 종현량

총성에 묻혀 작게, 대혁의 목소리가 들렸다.

"그렇게 무방비로 적 앞에서 변신하는 사람이 어디 있어? 만화 너무 본 거 아냐?"

퍽!

그리고 오니켄의 붉은 머리가 터져나갔다. 총탄에 맞는 순간 얼굴반쪽이 증발이라도 한 것처럼 사라졌다. 전차의 장갑을 꿰뚫는 대구경탄이다. 피륙이 견딜 수 있을리가 없었다. 오니켄의 머리를 구성하고 있던 피부조각과 두개골은 산산조각나서 그 뒤편으로 흔적을 남겼다.

후둑. 후두둑.

십 수미터 바깥까지 붉은 혈액과 육편, 뼛조각이 산산이 비산했다.

"......."

종현량은 그 장면을 멀찍이서 지켜보고 있었다. 그는 그림자 밑에 숨어서, 오니켄의 승리를 장담하며 희희낙락하고 있었다. 오니켄이 '부여 받은' 힘을 사용해 '도깨비' 상태가 되면 레버넌트 내에서도 순수무력으로 그를 당해낼자는 한손에 꼽았다.

종현량 자신조차 정면대결로는 오니켄에게 자신이 없을 정도다.

그런데, 그런 오니켄의 머리가 터져나갔다.

그간 종현량은 자신의 두뇌를 믿어왔다. 그는 이 싸움의 승패를 시작하기도 전에 계산하고 있었다. 무토 요시노리만의 힘으론 부족할 것이다. 네크로맨서 루번도 잡을정도로 우대혁이라는 남자는 강했으니까.

그래서 종현량은 무토 요시노리를 부추겼다.

부여받은 힘을 사용하길 종용한 것이다. 그리고 그가 도깨비가 된다면 네크로맨서 루번을 잡은 우대혁이라도 이길 수 있다고 생각했다. 그런데 오히려 역으로 당했다. 킥킥거리던 웃음소리도 더 이상 새어나오지 않았다.

"그 사이에 또 성장한 건가?"

종현량은 아무도 모르게 영종도 현장을 방문했었다. 그는 전투의 흔적을 살피며, 우대혁의 힘을 가늠했다. 레버넌트의 조직원들을 모두 떠올려봐도 우대혁은 열손가락 안에

들 강자였다.

그정도면 S급 헌터중에서도 최상급이다.

네크로맨서 루번의 힘도 인간으로써 도달할 경지는 가뿐히 상회했다. 우대혁은 그런 루번을 잡았다. 인간의 탈을 쓰고 있지만 인간의 힘은 아니다.

그런데 오늘 보니 단 며칠사이에 더 강해졌다.

"우대혁. 예의주시해야겠군."

종현량이 중얼거렸다. 그의 역할은 획책과 염탐, 정찰같은 것들이었다. 종현량의 능력은 자신의 역할과 잘 맞아들었다. 그림자에 숨어 움직이는 이 은밀한 술법은 코 앞에서 상대를 관찰해도, 상대는 느끼지 못한다. 우대혁 역시 자신을 눈치 채지 못하고 있다.

"……!"

상념을 떨치고 다시 전장을 향해 시선을 던진 종현량은 뭔가 덜컥 내려앉는 기분이 들었다. 대혁의 시선이 정확히 종현량이 있는 쪽을 향하고 있는 것이 아닌가.

"뭐지? 나를 보고 있는 거야?"

종현량은 숨을 죽였다.

"아니. 그럴 리가 없어. 이 은신을 꿰뚫어 볼 수 있을 리가."

종현량은 지금 무너진 빌딩의 그림자에 완전히 동화되어 있다.

그런데 어떻게.

우연이라고 치부하기엔 그의 시선이 뚫어져라 이쪽을 쳐다보고 있다. 종현량은 슬그머니 힘을 끌어 모았다. 자신의 은신은 완벽하다고 생각하지만 혹시 모를 비상사태를 대비하기 위해서였다.

"……!"

다행히도 종현량은 곧 침착을 되찾을 수 있었다. 오니켄이 비틀거리면서 일어났다. 이 쪽을 뚫어져라 주시하던 우대혁의 시선 역시 그쪽으로 돌아갔다.

"그래도 혹시 모르니 자리는 이동해야겠군."

종현량은 반대편 건물로 움직여서 사태의 추이를 살폈다.

비틀 거리면서 일어나는 오니켄을 우대혁이 흥미롭게 지켜보고 있었다.

"뭐야? 죽은 게 아니었던가?"

"……."

오니켄은 대답하지 않았다. 지금 그의 머리는 반 이상이 날아간 상태였다. 당연히 죽어야 마땅한 중상이었지만 오니켄은 이미 인과를 벗어난 존재였다.

오니켄의 머리가 재생하기 시작했다. 뼈가 자라고 피부가 그 위를 덮었다. 머리가 재생되는데는 불과 수초밖에 걸리지 않았다.

"…아예 머리통을 통째로 날려야 죽는 건가?"

좀비 보다도 더 한 생명력이라고 대혁은 생각했다.

우우웅.

오니켄이 노다치에 오러를 불어넣기 시작했다. 노다치 전체가 시뻘겋게 물들고도 모자라, 검신의 바깥으로 1m정도 더 오러가 뻗어나갔다. 노다치의 길이를 감안하면 4m가 넘는 오러의 칼날이 생성된 것이다.

기본적으로 오러를 무기에 담아낼 수 있다는 것은, 기공을 다루는 사람으로써는 최고의 경지에 도달했다는 것을 의미한다. 오러자체도 단련할 수록 강해지지만, 그 초기단계의 오러도 쇠를 조각낼정도의 위력을 가지고 있으니 초급이라도 오러를 사용할 수 있는 상대를 얕잡아 봐선 안된다.

그런데 오니켄은 그런 오러를 4m이상의 길이로 뽑아낼 수 있다. 확실히 얕볼만한 상대는 아니었다.

"……."

써엉!

자신의 실력을 증명이라도 하듯이 오니켄이 검을 휘둘렀다. 검격의 범위 안에 있던 아이언 골렘 두 기가 반으로 잘려나갔다. 마치 두부라도 베는듯 힘하나들이지 않고 아이언 골렘을 베어넘어뜨린것이다.

붉은 오러는 노다치 뿐만 아니라 오니켄의 몸도 감싸기 시작했다.

불꽃이 몸을 태우는것처럼, 시뻘건 기운이 이글이글거렸다.

동시에 오니켄의 몸이 둥실 떠오르기 시작했다.

"…뭐냐. 저건."

대혁이 중얼거렸다. 시뻘건 기운이 전신을 완전히 감싸자, 오니켄의 몸은 물리법칙을 완전히 벗어나 수m위로 올라갔다.

"쏴."

쾅!

라이플의 총탄이 오니켄을 노렸다. 오니켄은 오러가 담긴 노다치로 라이플의 탄환을 쳐냈다.

터엉!

이번엔 뒤로 밀리지도 않았고, 크게 타격을 입지도 않았다. 이것이 오러의 힘이었다. 오니켄은 공중에서도 이리저리 움직였다. 칼로 허공을 베어내고 땅위라도 걷는 것처럼, 허공을 걸어 자리를 옮겼다.

"언제든 쏠 수 있게 스탠바이 하고 있어."

대혁은 라이플 골렘에게 대기 명령을 내렸다. 지상에 있는 골렘들은 할 수 있는 게 많지 않았다. 원거리 공격이 가능한 파이어 골렘들만이 공중으로 불기둥을 쏴댔다.

하지만 탄속이 초당 1km를 넘는 특수 라이플 탄도 막아내는 오니켄이 비교적 느린 화염 기둥에 당해줄린 없었다. 오니켄은 허공을 유영하며 불기둥을 피했다.

그러면서 점점 더 높이 올라갔다. 땅위에서보다, 허공에서의 움직임이 더 자연스러웠다.

"해치 열어."

대혁이 옆에 서 있는 골렘을 향해 말했다.

위잉-푸슉.

골렘이 열리고 안락한 탑승구 보였다. 대혁이 골렘에 올라타자 골렘의 패널이 다시 닫혔다. 안구 부분에 형형한 빛이 들어오고 골렘 수트가 가동했다.

기이잉-.

오니켄은 허공에 떠서 그 모습을 모두 지켜보고 있었다. 대혁이 탑승한 골렘. 그것은 네크로맨서 루번을 마무리했던 그 골렘이 분명하리라. 이미 종현량을 통해 몇 번인가 정보를 입수한 골렘이었다. 탑승자가 직접컨트롤 하는만큼 다른 골렘보다 움직임도 정교하고, 출력도 좋은 편이란걸. 하지만.

"비행하는 능력은 없었죠."

비행할 수 있는 능력은 오니켄의 비전중 하나였다. '도깨비불' 라고 불리우는 기술.

이 기술을 사용하면 땅위보다 차라리 허공에서의 움직임이 편하다.

"이 기술을 이용한다면 숫자의 열세는 충분히 극복할 수 있죠."

오니켄은 시부야 사거리를 메운 골렘 병단을 내려다보며 중얼거렸다. 밑에서 싸운다면 아무리 자신이라도 불리한것은 사실이었다. 하지만 공중이라면 구태여 저 많은 골렘을 상대로 헛힘을 쏟을 필요는 없었다.

오니켄은 자신의 승리를 확신했다. 무력으로 따지자면 레버넌트에서도 자신을 상대할만한 인물은 많지 않다.

물론 방심한 탓에 라이플에 일격을 허용한 것은 뼈아프다. 도깨비 상태라 할지라도 터져나간 머리를 재생하는데는 많은 힘이 들었다. 하지만 그뿐이다. 두 번의 실수는 없다. 자신은 일본 최강의 헌터 무토 요시노리였고, 지금은 부여받은 힘으로 각성한 오니켄이다. 인간의 범주에 있는 자가 자신을 이길 순 없다.

상대가 네크로맨서 루번을 죽인 우대혁이라 할지라도 마찬가지다.

네크로맨서 루번.

싸워보진 않았지만 도깨비화한 오니켄은 루번을 10분 안에 죽일 자신이 있었다.

화아아악-!

오니켄은 쏟아지는 불기둥을 검으로 쳐냈다. 화염이 방향을 틀었다. 이제 슬슬 우대혁을 압박해나갈 참이었다. 그런데.

"…어디 갔지?"

우대혁의 행적을 놓쳤다.

오니켄이 미간을 모으고 지상을 내려다 보았다. 그 순간이었다.

바람을 가르는 파공성이 들렸다. 좌측이다. 오니켄은 급하게 옆으로 고개를 틀었다. 골렘에 탑승한 우대혁이었다.

골렘이 수십m 상공으로 솟아오르고 있었다.

후우우웅!

굉장한 도약력이었다. 이대로라면 잡힐 것이 자명하다. 오니켄은 깜짝 놀라 허공으로 더 높이 날아올랐다. 대혁이 타고 있는 골렘으로부터 벗어났다는 생각이 들만큼 높은 곳이었다.

오니켄의 생각대로 골렘은 어느 높이 이상으로 올라오지 못했다. 고점에서 뚝 골렘의 몸이 멈췄다. 이제 추락하는 일만 남았다고 오니켄은 생각했다.

그 순간 골렘의 몸에 변화가 일어나기 시작했다. 등 쪽의 패널이 열렸다. 그리고 추진기관으로 보이는 로켓이 동체 안쪽에서 등 밖으로 나왔다. 골렘의 발바닥 부분도 열렸다. 열린 구멍에선 불꽃이 뿜어져 나오기 시작했다.

콰콰콰콰!

등쪽의 로켓에서도 플라즈마가 분사되며 추력이 발생했다.

"저… 저게 무슨?"

오니켄이 당황했다. 오니켄의 의문에 답이라도 하듯 대혁이 말했다.

"비행이 가능한 골렘 수트 mk2다."

비행이 가능한 골렘은 들어본적도 없었다.

오니켄이 당황하는 사이에 골렘은 빠른속도로 오니켄을 따라잡았다.

"커억."

골렘의 손이 오니켄의 머리를 움켜쥐었다. 오니켄이 발버둥 치다가 검을 휘두르려고 했다.

쾅!

퍼억!

밑쪽에서부터 굉음이 터졌다. 동시에 오니켄의 손도 터져나갔다. 라이플 골렘이었다. 라이플 골렘이 쏜 탄환이 노다치를 들고 있던 오니켄의 손을 손목째로 날려버렸다.

"이, 이런…."

오니켄은 버둥거렸다. 손의 고통보다도 머리를 잡혀 움직임이 속박된 상태가 움직임을 제약했다.

"자, 내려간다."

대혁의 예고와 함께 골렘은 수백m 상공에서부터 떨어져 내리기 시작했다. 중력의 방향으로, 로켓의 추진력까지 더해진 낙하속도는 피부가 저릿할정도로 빨랐다. 오니켄이 침음했다.

"…으… 으윽."

대혁은 땅에 닿기 직전에 오니켄의 몸을 내리찍듯이 던졌다. 그리고 자신은 최대한 속도를 줄여 낙하했다.

콰----앙!

낙하속도를 줄였다고 해도, 골렘은 도로를 깨고 하반신이 정강이까지 땅속으로 파고 들었다. 수트를 타고 있음에도 몸이 저릿해져왔다. 자신이 이럴진대 오니켄이 견딜린 없었다.

대혁은 밖으로 나와 오니켄을 집어던진 쪽으로 걸어갔다.

"……."

과연 대혁의 생각대로였다. 낙하의 충격으로 직경 5m정도의 아스팔트가 폭삭 주저 앉아 있었다. 그리고 그 중앙에 놓인 오니켄의 전신은 아예 피떡이 되어 있었다. 미동조차 없었다.

"……."

멀리서 그 모습을 지켜보고 있는 종현량은 충격 그 자체였다. 도깨비화한 오니켄도 허무하게 당해버렸다.

"달아나야 해. 달아나서 이 사실을 레버넌트에 알린다. 총력을 다해서라도 우대혁은 먼저 제거해야해!"

우대혁은 레버넌트의 앞날에 커다란 방해가 될 것이 분명했다. 그에게 벌써 두 명의 레버넌트가 당했다.

종현량이 반파되어 있는 그림자들을 이용해 이동하려고 할 때였다.

쾅!

다시 총성이 터졌다.

퍼버벅!

탄환이 노린것은 건물이었다. 그림자를 만들어내던 건물이 우수수 무너졌다. 그림자가 사라지자 종현량의 본체가 밖으로 모습을 드러냈다.

"……."

꽈앙!

종현량의 앞으로 골렘이 떨어졌다. 뒤쪽에서부터 도약을 한 우대혁의 골렘 수트였다.

대혁이 말했다.

"구경할 땐 마음대로였겠지만 갈 때는 아니다."

♦

종현량은 중국 화북지방 산둥성 옌타이 출신이었다. 그의 혈족은 대를 이어 약탈, 청부살인 따위를 하는 악랄한 비적집단 백각(百脚)이었는데 현대로 오면서 제도화된 법률과 공안으로 인해 가업(?)이랄 수 있는 비적질을 대놓고 하진 못하고 있었다.

하지만 배운게 도둑질이라고 그들은 특유의 습성을 버리지 못하고 범죄활동을 지속해왔고, 현재는 삼합회등과 함께 근절해야할 중국의 범죄집단으로 악명을 떨쳤다.

종현량 역시 백각의 일원으로 생활하면서 비적의 임무를 띠었는데, 그 중에서도 그가 가장 잘하는 것은 청부살인이었다.

종현량은 어렸을 때부터 백각에서 각종 암살기술을 터득했다. 모의암살에서 재능을 보이자 그는 일찍부터 실전에 투입됐다. 13살에 종현량은 첫 살인을 했다. 그것도 잔실수 하나 없이 완벽한 암살이었다.

첫 살인이후 수 년동안, 종현량은 수십 차례의 암살을 성공적으로 완수하여 청부살인에 관해선 종현량이야말로 백각의 으뜸이라고 평가받게 되었다. 중간에 헌터의 능력까지 각성해버린 종현량의 암살은, 그야말로 알고도 막을 수 없는 수준이었다.

레버넌트의 수장을 만난 것도 그 즈음이었다.

"빌어먹을!"

종현량은 씹어뱉듯이 말했다. 수십 명을 암살한 경험이 있는 종현량이다. 암살에 관해선 프로페셔널한 킬러였다. 어떻게 하면 효과적으로 상대를 죽일 수 있는지, 어디를 찌르면 즉사를 하고, 비명조차 지르지 않고 죽일 수 있는지 살인의 방법에 대해 낱낱에 꿰고 있다.

하지만 지금의 상대는 그런 자신에게도 무리다. 수백 가지에 달하는 방법으로도 죽일 수 없다. 죽음 앞에서 종현량은 언제나 가해자쪽이었다. 하지만 지금은 반대다. 피해자. 피식자. 잡아먹힌다.

캉!

그림자를 방패삼아 골렘의 주먹질을 막았지만 고통을 제대로 흡수하지 못했다. 온몸의 뼈마디가 울어댔다.

"크으윽…."

종현량은 비틀거리면서 뒤로 물러났다. 주위를 살펴보았다. 그림자는 이곳저곳에 있었다. 반파된 건물들. 쓰러진 가로등. 기백에 달하는 골렘의 밑에도.

"키… 키킥."

종현량은 실성한 것 처럼 웃음을 터뜨렸다. 고통으로 일그러진 얼굴에 한줄기 웃음을 띨수 있는 건, 아직 자신에게 한 수가 남아있기 때문이다.

복날 개처럼 뚜드려 맞다가 웃음을 터뜨리는 종현량을 보고 대혁이 말했다.

"뭐야. 미쳤냐?"

"레버넌트를 막을 수 있을 것 같은가? 혼자서?"

"뭔 개소리야. 레버넌트건 뭐건 신경안 써. 지금 상황은 그냥 아르실라를 구하러 왔던 나를 니들이 친 거라고. 난 정당방위고. 그리고 뭐 혼자? 이 숫자가 안 보이나보지?"

저벅.

골렘들이 일제히 한 걸음 앞으로 걸었다. 2m가 넘는 거체들이 한꺼번에 움직이자 은빛의 파도가 치는 듯 했다.

"난 혼자가 아냐."

"……"

"자. 얘기나 들어보자. 왜 날 건드리는 거지? 네크로맨서를 죽인 일에 대한 복수인가?"

타당한 의문이다. 네크로맨서 루번은 레버넌트의 일원이었으니까.

하지만 레버넌트는 그렇게 의리 있는 집단은 아니었다. 네크로맨서가 죽은 것은 네크로맨서의 몫. 그가 죽었다고 복수까지 해 줄 이유는 없다.

"키키. 킥. 네크로맨서? 그 리치퀸인가 뭔가 살린다고 날뛰던 녀석? 그렇게 경거망동 하다가 뒤질 줄 알았어. 솔직히 말하면 조직원중엔 그 녀석이 죽기를 바란 녀석들도 있을 정도라고. 너무 나댔으니까."

종현량은 대혁의 질문에 대답하며 은근히 기를 끌어 올렸다. 그림자를 한꺼번에 조종하려면 생각보다 많은 기운이 필요하다. 대혁이 다시 물었다.

"그런데 왜 나를 죽이려고 들지?"

"이유는 단순해. 넌 너무 강해."

대혁이 으쓱 어깨를 들어 올렸다가 내렸다.

"…뜬금없는 타이밍에 칭찬이군."

"그게 우리가 네 죽음을 원하는 이유다!"

종현량은 끌어올렸던 기운을 한꺼번에 방출했다.

파파파팍!

동시에 시부야 사거리에 있는 모든 그림자에서 촉수 같은 것이 수백가닥 튀어나왔다.

"이걸로 널 이길순 없어도 시간끌기는 되겠지."

종현량은 기술을 시전하자마자 지체 없이 뒤돌아섰다. 그의 목표는 반파된 건물 밑, 길게 음영이 진 곳이다. 종현량이 달리기 시작했다.

"…뭐?"

그림자 촉수가 대혁의 몸을 옭아매기 시작했다. 몸의 가장 바깥쪽에 있는 팔, 다리 부터 시작됐다. 촉수는 미처 반응하기도 전에 팔을 묶었다.

대혁은 팽팽하게 당겨 묶여진 왼팔을 움직여 보려고 했다. 한 두 가닥도 아니라 수십가닥에 묶여진 터라 팔이 움직이지 않았다. 수십 가닥에 이르는 쇠사슬에 묶인 것 같았다.

양 다리도 그림자 촉수가 봉쇄해놔서 움직일 수 없었다.

"쩝."

대혁은 입맛을 다셨다. 종현량 입장에선 사력을 다한 마지막 기술이었지만 의외로 해결책은 간단했다. 그림자 촉수는 그저 골렘 수트를 묶고 있을 뿐이었고, 대혁은 골렘에서 내릴 수 있다.

대혁은 그림자 촉수가 몸체를 완전히 감싸기 전에 골렘의 해치를 열고 그 안에서 내려버렸다.

"……."

그림자 촉수로 대혁을 묶어놓고, 건물의 그림자 밑으로 달려가며 뒤를 돌아본 종현량은, 그 간단한 파훼법에 입을 떡 벌렸다.

종현량은 다시 앞으로 시선을 돌렸다.

이미 코 앞에 거대한 그림자가 있었다. 잠수함이 수면 밑으로 가라앉아 종적을 감춰버리듯, 저 그림자로 뛰어들면 달아날 수 있다.

'지금은 후퇴하지만 반드시 돌아와서 네 놈을….'

쾅!

그림자로 뛰어들기 직전이었다. 예의 그 불길하고 거대한 총성이 터졌다.

퍼억!

옆구리쯤이 화끈한가 싶더니, 몸이 말을 듣지 않았다.

철퍼덕!

종현량은 결국 그림자에 닿지 못했다. 극심한 통증이 밀려왔다.

"크우웁…."

옆구리 살이 한웅큼이나 떨어져 나가있었다. 총탄이 살을 뜯고 날아간 것이다. 그 안에서 질질 피와 장기가 흘러나왔다. 스치듯 맞았는데도 중상이었다.

"제…기랄."

차라리 밤이었으면 어땠을까 싶었다. 사위가 어둠에 휩싸인 시간이야말로 종현량의 힘이 제대로 위력을 발휘하는 시간이다. 하지만 늦은 후회였다. 그리고 사실 밤이 된다해도 이길 자신은 없었다.

"어이. 내 얘기는 아직 안 끝났는데 어딜 가려고 그래?"

"……."

종현량은 분함과 고통이 혼재된 표정으로 대혁을 노려보았다. 대혁은 맨몸이 아니라 골렘수트를 타고 있었다. 그림자 촉수로 묶은 골렘은 여전히 저 멀리 있다. 그런데 지금 눈 앞에 또 골렘 수트가 있다.

골렘 수트는 한 기가 아니었던 것이다.

"……."

"그래. 내가 강해서 날 죽이고 싶어한다는 것 까진 알겠어. 근데 말야. 강하면 보통 섭외하려고 들지 않나? 왜 나를 죽이려고 하지?"

"……!"

그 말에 종현량은 뒤통수라도 한 대 후려맞은 듯 벙찐 표정을 지었다. 그 말이 맞았다. 네크로맨서 루번을 죽였다는 이유로 우대혁을 적시했다. 그를 적으로 상정해버린 것이다. 하지만 그게 아닐 수도 있다.

종현량은 영종도 현장을 방문해서 이미 모든 정황을 살핀 바 있다. 첫 시작 자체가 네크로맨서 루번이 했다. 리조트에서 무의미한 살생을 벌여가며 판을 키웠다. 우대혁은 그저 대응했을뿐이다.

'…그렇다면 아직 희망이 있어.'

판단을 내린 종현량이 고개를 끄덕였다.

"그… 그렇군. 그런 부분은 미처 생각을 못했어. 레버넌트에 들어올 생각이 있나?"

"우선 얘기 해봐. 레버넌트의 목적이 뭐길래 이 난리인지."

"우리 레버넌트는 모두 '움툼'이다."

"움툼?"

"그래. 움툼. 신의 사자. 썩어빠진 세상을 정화하기 위해 신에게 선택받은 인간들이지."

"…신?"

"맞아. 신. 우리는 신의 선택을 받았어. 신. 불멸자. 전지

전능한 힘을 가진… 그래, 그는 뭐든지 가능해."

"갑자기 신이라니. 진도를 따라가기 힘들군. 신을 직접 보기라도 했단건가?"

종현량은 고개를 저었다.

"던전이 왜 갑자기 생겨났다고 생각하지? 그냥 자연발생 했다고 생각하지 않겠지? 신은 바로 던전을 만들고 배후에서 던전을 조작하는 자야."

"……!"

종현량의 말이 맞다면, 그 신이란 놈은 대혁이 찾고 있는 인물일 가능성이 컸다. 마치 노바틱 행성에 길가메쉬가 있 듯, 지구에서 던전의 뒤에 서 있는 자. 대혁은 그를 쓰러뜨 릴 생각이었다.

"그 신이란 작자는 어디 있지?"

"그건 나도 몰라. 중개인이 알고있지."

"중개인?"

"우리를 신과 연결시켜준 자야."

"중개인은 어딨지?"

"키킥. 이봐. 너무 급하군. 내가 해줄 수 있는 얘긴 여기 까지야. 나머진 레버넌트에 들어온다면 해줄 수도 있지."

종현량은 생각했다. 오니켄이라는 큰 전력을 잃은 손실 도, 옆구리가 뻥 뚫려버린 고통도 우대혁이 레버넌트로 들 어오게 된다면 손해라고 볼 수 없다.

"어때? 레버넌트에 들어올 마음이 생겼나? 그렇다면

내가 윗측에 잘 얘기해주지."

대혁의 단호한 표정으로 간단히 대답했다.

"아니. 없어."

"응?"

종현량이 눈을 동그랗게 떴다. 전혀 예상하지 못한 간결한 대답이었다.

퍼억!

그 얼굴 위로 주먹이 꽂혔다. 종현량은 의식이 증발하는 것을 느꼈다. 수 많은 사람을 암살했던 종현량은 그렇게 허무하게 죽음을 맞이했다.

"자세한 얘기는 나중에 듣지."

어차피 아르실라는 열 기 이상의 골렘을 더 만들 수 있을 만큼의 양이었다. 오니켄과 종현량까지… 대혁은 자신의 골렘으로 만들어 버릴 생각이었다. 이용할 가치가 있을 것이다.

"시체 데리고 들어가."

대혁은 파쿨타템의 문을 열었다. 백기에 달하는 골렘들이 줄을 서 안으로 들어갔다. 파쿨타템의 내부는 백이 아니라 수천에 달하는 골렘도 수용할 수 있을 정도로 넓었다.

마지막으로 골렘 두 기가 피떡이 되어버린 오니켄과 종현량의 사체를 들쳐메고 안으로 들어갔다.

파앗.

차원문이 닫혔다. 대혁은 쓰러져있는 박진택의 앞으로 걸어갔다.

"빗겨 맞았군."

아직 죽지 않았다. 미세하게 가슴팍이 위아래로 움직였다. 숨을 쉬고 있는 것이었다. 최후의 순간에 무토 요시노리가 손속에 자비를 둔 것인지, 아니면 박진택이 쌓아왔던 수련이 치사의 영역에서 그를 벗어나게 한 건진 모르지만.

"운이 좋아."

◆

"오, 오빠!"

벌컥, 병실문이 열렸다. 그리고 니시노가 뛰어들어왔다. 니시노의 눈엔 눈물이 그렁그렁했다.

"사범님이라고 불러야지."

"…엉엉… 켄고오빠도 죽고… 오빠도 죽는 줄 알았단 말야."

"괜찮아. 심각한 건 아니니까. 울지 마."

벽에 등을 대고 서있던 우대혁이 말했다.

"심각하진 않지만 앞으로 두 달은 병원 신세를 져야 한다더군."

"……."

우대혁의 말에 박진택은 곤란한 표정을 지었다. 니시노가 팩 고개를 돌려 우대혁을 쏘아보았다.

"그런 말이 나와? 널 도와주기 위해 그곳에 갔다가 오빠가 이렇게 된 건데?"

니시노는 신경질적으로 말했다. 그 말에, 당황한 건 박진택이었다. 덤덤한 표정의 우대혁을 흘낏 본 박진택이, 니시노에게 말했다.

"그건 아냐. 우대혁씬 오히려 내 목숨을 구해준 은인이야."

"그… 그게 무슨 소리야?"

"후… 말하자면 길어. 이따가 얘기해줄게. 잠깐만 나가 있을래? 아직 할 얘기가 있어서."

"…알았어."

니시노는 약간 풀이 죽어 대혁에게 사과했다.

"오해했었나본데 미안해."

니시노가 병실을 나가자 박진택이 크게 한숨을 내쉬고 말했다.

"그래서 사부님은… 아니, 오니켄 그 남잔 어떻게 된 거죠?"

"죽었습니다."

"……."

박진택은 잠시 할 말을 잃었다. 분노에 이성을 잃어 그 역시 오니켄을 죽이려고 달려들었었지만, 막상 죽었다는 이야길 듣자 상념과 회한 따위가 밀려오는듯했다.

"괜찮습니까?"

"…예."

충격이 가시자 박진택은 새삼 대혁의 실력이 놀랍게 느껴졌다. 오니켄은 레버넌트 중에서도 강자로 평가받는 인물이었다. 물론 대혁이 이미 레버넌트중 하나인 네크로맨서를 죽인 전력이 있다지만, 오니켄까지 죽일 수 있을줄은 몰랐다. 헌터협회조차 레버넌트를 어쩌지 못해 번번이 허탕만 치지 않았던가.

"그렇게 됐군요."

"예."

"알겠습니다. 그럼 이제 한국으로 돌아가시는 건가요?"

"일본에서 볼 일은 다 끝났으니까요."

둘은 대화를 마무리 했다.

대혁은 그 날 오후편 비행기를 타고 한국으로 돌아왔다.

6. 리치퀸

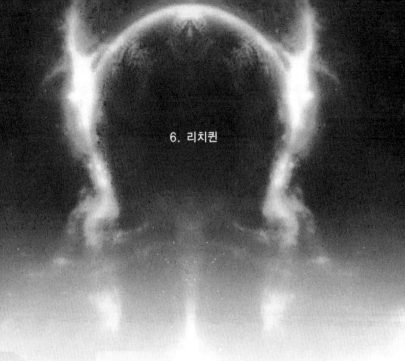

6. 리치퀸

각 나라마다 자국을 대표하는 길드가 있다. EU의 더 노블원. 중국의 길드 금의룡맹.

미국의 테라 같은 길드들.

각 길드는 자국의 헌터를 양성하는 데에도 큰 도움이 될 뿐더러 던전을 공략하고 몬스터를 죽여 던전 브레이크를 막는데에 큰 도움이 된다. 길드는 군대가 하는 역할을 대신하고 있다고도 볼 수 있었다. 단 상대는 적국과 적국의 병사가 아니라 몬스터다.

뿐만 아니라 길드는 차세대 경제동력인 헌터관련산업에도 가장 큰 영향을 미친다.

던전 안에서 아티팩트와 마나스톤을 입수하고, 이를 유통

시키는 헌터들의 80%이상이 크고 작은 길드에 가입한 상태니까. 길드는 헌터들의 직장이나 마찬가지이기도 했다.

때문에 이런 중요도를 알고 각국 정부에서는 일부러 길드 육성정책을 펼치고 있을 정도였다.

한국 역시 이러한 정책들의 결과 나라를 대표할만한 글로벌 길드 두 곳이 우뚝 서 있었다.

길드 태극과 길드 해태.

관련청사에 등록된 한국 길드의 숫자만 2000여 개가 넘는 이 시점에서, 태극과 해태를 합하면 나머지 모든 길드와 맞먹는다는 통계가 있을 정도였다.

일각에선 너무 쏠림 현상이 심하다는 부정적인 견해까지 나왔지만, 태극과 해태가 한국의 길드를 이끌어가고 있음에는 모두 이견이 없었다.

그런 태극과 해태의 수뇌가 지금 한 자리에 모여 하나의 토픽에 대한 논의를 거치고 있었다.

"서울, 인천, 부산 그리고 제주도. 현재 네 곳의 던전에서 위험 수준 이상의 던전오염수치가 계측되었습니다."

엄숙한 장내분위기 속에서 해태의 대표로 나온 헌터가 말했다. 남자는 해태의 부 길드 마스터를 맡고 있으며 S급 헌터인 강명관이었다. 젊고, 유능하고, 스마트한 강명관은 전도유망한 헌터로 명망이 높았다.

강명관의 말에 회의장에 들어서며 받은 유인물을 넘겨보던 노파가 대답했다.

"표시된 네 지역의 던전들은 발생한지 채 한 달도 채우지 못 한 곳들이지 않나요? 벌써 오염수치가 위험수준에 도달했단 말이에요?"

노파는 태극에서 나온 S급 헌터 백인옥이었다. 백인옥은 등이 굽고 주름이 깊게 패인 전형적인 노파였지만, 가진 힘은 거인같은 사람이었다.

"예. 그에 대해서도 말씀드리겠습니다."

초기에 인류는 던전 브레이크에 대비하지 못했다.

던전 자체가 기현상이었던 때였기 때문에, 던전 브레이크까지 신경쓸 여력은 없었기 때문이다.

하지만 얼마 지나지 않아 세계 곳곳에 던전 브레이크가 발생하기 시작했다. 던전에서 쏟아져 나온 몬스터들로 인해 도시가 심각한 타격을 입자 석학들은 이 현상에 대해 집중적으로 알아보기 시작했다.

그들의 지성은 먼저 던전 브레이크가 왜 발생하는지에 대해서 알아냈다. 이유는 간단했다. 일정한 시간내에 던전을 공략하지 못하면 던전 브레이크가 발생하게 된다는 것이었다. 던전을 일정한 시간내에 공략하면 던전 브레이크는 발생하지 않는다.

여기서 한 가지 의문이 또 생겼다. 그렇다면 그 일정한 시간은 어느 정도인가?

던전 브레이크가 발생하는 이유에 대해선 알아냈지만, 그 발생까지의 시간을 모른다는 건 언제 터질지 모르는 시한폭탄을 떠안고 있는 것과 같았다.

그래서 다시, 그들은 지성을 모았다. 그 결과 하나의 계측장치를 만들어냈다. 계측장치로 측정하는 던전 오염수치. 오염수치의 농도로 던전 브레이크까지의 시간을 알아낼 수 있다.

그 기간은 아무리 짧아도 두 달. 길면 1년이었다.

"화면을 보시죠."

강명관은 화이트 스크린 위에 ppt를 띄었다. 고블린 따위의 몬스터가 도시위에서 활개치고 있었다.

"지금으로부터 45일전 프랑크푸르트에서 생긴 소규모 던전 브레이크 현장입니다. 고작 던전이 나타난지 20일도 되지 않아 던전 브레이크가 일어났습니다. 지금까지의 전례를 미루어봤을 때 이는 유례없이 빠른 속도입니다. 다행히 낮은 티어의 던전이었고 몬스터의 수준도 약해 피해는 경미했던 걸로 보고됩니다."

"그건 저희 태극에서도 알고 있어요. 하지만 소규모 던전이라 큰 피해는 없었고 예외상황으로 치고 넘어갔을 텐데요."

"예. 하지만, 이 화면을 보시면 생각이 조금 달라지실 겁니다."

새로운 사진이 떠올랐다. 중국의 도시 광저우였다.

광저우는 프랑크푸르트보다 훨씬 큰 피해를 입었다. 무너진 빌딩도 눈에 띄었고, 고블린보다 훨씬 강한 오우거가

골렘의
장인 2

거대한 클럽을 손에쥐고 닥치는 대로 기물을 때려부수는 장면이 찍혀 있었다.

"바로 어제 입수한 정보입니다. 한국 인터넷 신문몇군데 서도 다루고 넘어간 내용이라 아실 수 있을 겁니다."

던전과 헌터 그리고 몬스터에 관한 것은 이제 웬만한 걸로는 뉴스거리도 되지 않는다. 더군다나 타국을 넘어서 뉴스가 되려면 규모가 크거나 사건이 특이한 경우라야 한다. 이를테면 영종도 네크로맨서 참사처럼.

"음. 확실히 광저우 던전 브레이크는 입수한 내용이긴 합니다만 이런 측면에서 분석을 하진 못했었는데요."

"예. 저희도 그래서 이 분석이 나오자 마자 여러분들을 이 자리에 불러 모은겁니다. 광저우 던전은 발생한지 고작 보름만에 던전 브레이크가 일어났습니다. 왜 갑자기 던전 브레이크가 가속화 되었는지는 모르겠습니다만."

"국내 네 곳의 던전도 예상보다 빨리 던전 브레이크가 발생할 수 있다는 거군요."

"예."

여태까지 묵묵히 듣고 있던 헌터 협회 지부장 한만식이 나섰다. 네크로맨서에게 당한 상처는 모두 회복됐는지 혈색도 평온했고 움직임도 크게 불편함이 없어보였다.

"태스크 포스를 꾸려야겠군요. 저는 정부부처와도 의논해보겠습니다. 이 분석이 맞는다면 정말 큰 문제가 될 수도 있어요."

전성업은 푹푹 한숨을 내쉬었다.

"형님. 정말로 오니켄과 종뭐시기라는 레버넌트를 두 명이나 추가로 잡았다는 겁니까?"

"그래."

"이거 큰 사건인데요. 레버넌트는 어마어마하게 거물인 범죄집단이에요. 그럼 놈들의 조직원을 연달아 셋이나 잡았다? 빅뉴스라고요."

"나도 안다."

"아는 데서 끝나는 게 아니라 잘만 이용하면 대 스타가 될 수 있는 건데…."

"말했잖아. 그런덴 큰 관심없어."

"…예. 그랬죠."

대혁은 지금 꽤나 공을 들이고 있었다. 그의 앞엔 여인의 나체가 서 있었다. 바로 아르실라를 이용해 만들고 있는 리치퀸의 몸이었다.

"리치퀸 파모라."

대혁은 그녀의 원래 모습을 떠올려봤다. 풍만한 가슴과 뇌쇄적인 바디라인. 그야말로 농염한 여인의 교과서 같은 여자였다. 실제 나이는 100여 살에 육박할 테지만, 그녀의 몸은 노화하지 않았다. 리치퀸이 되기 전에도, 강한 마력으로 인해 노화가 진행되지 않았다.

대혁이 그녀를 봤을 때도 끽해야 20대 중후반의 나이로밖에 보이지 않았다.

하지만 지금 대혁이 만들고 있는 리치퀸의 몸은 그보다 더 어려 보였다.

170이 넘던 키는 160도 안되어보였고 풍만한 가슴은 겨우 여자란 걸 식별할 정도로 밖에 보이지 않았다.

"어차피 가슴으로 싸우는 거 아니니까. 오히려 가슴이 크면 거슬릴 뿐이겠지."

대혁의 생각은 명쾌했다. 물론 가슴이 크다고 제대로 싸우지 못할린 없었지만.

그래도 공은 꽤 들였다. 일본에 다녀온지 벌써 3일이다. 3일 동안 이 몸을 만들었다. 물론 오랜만에 만들어 보는 거라 생각처럼 손이 움직이지 않는 탓도 컸다.

"후. 몸은 다 만들었군."

대혁이 작게 한숨을 내쉬었다. 사흘간의 작업이 얼추 끝마무리에 들어서고 있다. 작은 키에 나름 귀여운 얼굴을 가진 리치퀸이 완성되었다.

대혁이 중얼거렸다.

"이제… 라이프 포스를 연결하기만 하면 되는데…."

대혁은 공방을 둘러보았다. 여기서 작업을 하기엔 리치퀸의 마력이 너무 거대했다. 잘못하면 공방 자체가 휩쓸려 버릴 수도 있다.

"파쿨타템 안으로 들어가서 마무리를 해야겠군."

대혁의 말에 전성업이 반응했다. 한 번 파쿨타템안으로 들어가면 몇 시간씩 있는 대혁이기 때문에 더 공방에 있을 필요가 없었다.

"그럼 저도 돌아가 봐야겠군요."

"그래."

"아참, 말씀 안 드린 게 있는데."

골렘 수트에 올라탄 대혁이 전성업을 보았다.

"뭔데?"

"던전에 관한 겁니다. 요즘 던전 브레이크의 시기가 앞당겨지고 있다는 얘기가 있어요."

"던전 브레이크가?"

"예. 기현상이죠. 뭔가 불길한 예감이 듭니다."

"흠… 알았다. 한 번 자세히 알아봐야겠군."

"구미가 당기실 줄 알았습니다. 현재 국내에도 네 곳의 던전이 이상 징후를 보인다고 하니까. 좀 더 알아보고 말씀 드리도록 하겠습니다."

"그래. 고맙다."

던전이 이상징후를 보이는 이유가 자연적일리 없었다. 뭔가 변화의 바람이 불고 있다는 얘기였다. 대혁은 종현량에게서 들었던 얘기를 떠올렸다. 신의 사자라는 움툼. 어쩌면 종현량은 뭔가를 알고 있을지도 모른다.

대혁은 파쿨타템의 문을 열었다. 음침한 기운이 열린 문으로부터 새어나왔다.

"그럼 가보겠습니다."

전성업의 인사를 받고 대혁은 안으로 들어갔다. 골렘 하나가 아르실라로 만든 리치퀸의 몸을 들고 따라 들어왔다.

"라이프 포스 들고 와."

대혁이 중얼거렸다. 리치퀸의 라이프 포스는 파콜타렘의 안쪽에 보관하고 있었다. 골렘 한 기가 대혁의 명령을 들어 라이프 포스를 보관하고 있는 목함을 가져왔다.

대혁은 목함을 둘러싸고 있는 사슬을 잡았다.

"......."

사슬을 잡아 뜯으려고 했지만, 뜯기지 않았다. 골렘의 힘으로도 잡아뜯을 수 없다는 것은, 물리력으로는 어찌할 수 없는 봉인이 걸려 있다는 뜻이었다.

"그래, 혹시나 해서 건드려봤다. 당연히 흑마법 계열의 봉인이 걸려 있지…."

그렇다면 상극인 힘이 필요할 터였다. 대혁은 위업상점을 통해 미리 구매해뒀던 성수를 꺼내들었다.

[S급 성수- 신의 눈물]

-모든 상태이상 마법을 해제합니다.

-상처와 체력을 전부 회복합니다.

-흑마법(저주, 디버프, 봉인)을 상쇄합니다.

성수엔 그밖에도 여러 가지 효능이 붙어 있었다. 무려 300위업 포인트 짜리다. 소모성 아이템 중엔 가장 비싼것 중 하나였다.

"비싼값은 해야지."

대혁은 망설임 없이 성수를 목함의 사슬 위에 부었다.

치이익-치익

성수가 닿자 사슬에서 거품이 나기 시작했다. 그리고 곧 부글부글 끓어오르기 시작했다.

"사슬 자체가 구현화된 마법이었던건가."

성수는 사슬을 전부 녹여버렸다. 곧 사슬은 사라지고 목함만이 남게 되었다.

대혁은 목함을 열어제꼈다. 마치 심장같은 형태의 라이프 포스가 드러났다.

"금방 깨워줄게."

대혁은 아르실라로 만든 리치퀸의 몸을 힐끔 바라보며 말했다. 라이프 포스는 검보라빛을 뿜어냈다.

다음 공정은 간단했다. 골렘의 몸에 마나스톤을 박아넣듯이, 라이프 포스를 리치퀸의 몸에 박아넣으면 되는 것이다.

대혁은 라이프 포스를 집어 들었다. 손 끝에서 라이프 포스가 펄떡거리는 것처럼 느껴졌다. 하지만 막상 쳐다보면 라이프 포스는 잠잠했다. 라이프 포스가 뿜어내는 마력탓에 감각에 혼란이 오는 것이었다. 대혁은 정신을 집중해 라이프 포스를 리치퀸의 몸에 집어넣었다.

우우우우!

라이프 포스를 받아들인 아르실라의 몸이 작게 진동했다. 울음을 토해내는 것 같은 소리를 동반했다. 검보라빛의 기운이 리치퀸의 몸 전체를 한 번 감싸안더니 점점 옅어졌다.

약간 누런빛을 띠던 리치퀸의 피부가 마나를 전부 머금고는 생동감있는 흰색으로 변했다.

"눈을 떠라."

대혁이 작게 읊조렸다. 리치퀸은 대혁의 명령을 듣기라도 한 것처럼 천천히 눈을 떴다.

"……."

눈을 뜬 리치퀸 파모라가 주위를 둘러보았다. 골렘 몇 기와 새까만 어둠만이 전부였다. 그녀는 자신의 몸도 내려보았다. 새하얀 나체.

풍만한 가슴대신 자리한 미성숙한 몸.

리치퀸이 중얼거렸다. 얼핏 울먹거리는듯한 목소리였다.

"본녀의 몸이 왜 이러지…."

◆

그녀는 믿기지 않는 듯 자신의 몸을 손으로 만지기 시작했다. 아르실라로 만든 몸은 인간의 육체와 놀랍도록 흡사했다. 부드럽고 온기도 느껴졌다.

파모라는 찹쌀떡같은 가슴과 엉덩이를 주물 주물 거렸다. 손끝에서 느껴지는 촉감이 얘기한다. 이건 꿈 따위가 아니라 현실이라고.

앙증맞은 입술에서 작은 한숨이 새어나온다.

"본녀가 15살 때도 이렇게 덜 여문 몸은 아니었어."

그녀는 외모와는 어울리지 않는 고압적인 목소리로 말했다.

15살 때는 이미 들어갈덴 들어가고, 나올 덴 나와 여자의 몸을 완성한 파모라였다. 지금은 아니다. 여자라고도 할 수 없는 몸을 내려다 보는 게 마뜩찮았다.

재차 한숨을 내쉬던 그녀가 고개를 들었다.

"그보다… 여긴 어디지?"

낯선 몸을 보며 받은 충격은 잠시 미뤄두고, 상황파악을 해야할 시간이다. 파모라는 아까는 무심코 지나쳤던 내부 공간을 꼼꼼히 살펴보았다. 기이한 공간이었다. 시커먼 배경이었다가, 만화경을 들여다보는것처럼 어지러운 패턴이 돌아다니기도 했다. 누군가 일부러 정신을 교란시키는 마법을 걸어놓은것만 같았다.

순간 속이 울렁거렸다. 파모라는 인상을 썼다. 신경을 곤두세우자 올올히 일어서는 마력이 느껴졌다.

몸은 달라졌지만 마력은 그대로였다. 그녀가 힘을 조금 주자 파앗, 그녀를 주위로 옅게 마력의 파장이 퍼져나갔다.

이질적인 내부의 공간이 마력의 영향을 받아 변했다. 그녀의 마음에 들게 배경이 정돈됐다. 어지러운 패턴은 어느새 사라졌다.

울렁거리던 속도 안정됐다. 공간이 익숙해지자 이제 사물이 눈에 들어온다. 익숙한 모양의 강철인형. 파모라가 중얼거렸다.

"골렘."

골렘을 잊을 순 없었다. 전투를 위해 만들어진 병기. 두려움이나 감정따윈 찾아볼 수 없다. 빠른 속도로 몸을 수복하고, 다른 골렘이 쓰러져도 달려든다. 하나하나를 따져보면 파모라의 발끝에도 미치지 못한다. 하지만 그 숫자가 기천에 달하면 파모라도 두손을 들 수 밖에 없다.

파모라는 골렘을 다루는 인간을 떠올렸다. 골렘 마이스터. 우대혁.

자신에게는 악몽이나 마찬가지인 인간이었다.

파모라가 이끄는 언데드 군단은 우대혁이 이끄는 골렘 군단에게 전멸당했다.

그리고 최후에는 파모라 역시 당했다. 우대혁에게 직접 당한 것은 아니었다. 파모라는 우대혁의 동료중 하나인 전율의 마녀에게 당했다. 전율의 마녀는 파모라와 비슷한 수준의 대마도사였다.

파모라의 언데드 군단이 우대혁의 골렘 군단을 맞아 힘겹게 싸우는 동안, 전율의 마녀가 자신을 쳤다. 파모라는 골렘 군단까지 상대하는 탓에 가진 힘도 제대로 다 써보지 못하고 당했다.

전율의 마녀가 쓴 마법이 자신의 몸을 난도질한것이다.

그 이후의 기억은 없었다.

"여긴 어디지? 날 어떻게 한 건가?"

파모라가 중얼거렸다.

머리속이 혼란스러웠다. 생판 처음보는 낯선공간에, 자신이 맞서싸우던 골렘까지 있으니 혼란스럽지 않을 수 없었다.

거기에 머릿속을 어지럽히는 목소리가 추가되었다.

"오랜만이군. 파모라."

소리는 정면에 있는 골렘으로부터 나왔다. 파모라가 휘둥그레 눈을 떴다.

그녀는 말을 한 골렘을 보았다. 큰 눈망울이 반짝였다. 골렘이 말을 할 수 있었던가?

"…골렘이 말을 할 수 있었나?"

"난 우대혁이다. 이건 내 골렘의 종류중 하나지."

골렘이 다시 말했다. 본인을 우대혁이라고 얘기한다.

"우대혁?"

"그래."

"말을 하는 골렘은 처음보는군."

"내 골렘은 나도 다 알지 못할만큼 종류가 많아."

"……"

하긴 그랬다. 대혁 역시 파모라의 마법을 모두 알지 못할 것이다. 자신 역시 우대혁의 골렘을 모두 알 리 없었다. 파모라는 수긍을 했다.

그리고, 눈 앞의 존재가 우대혁이란 걸 받아 들이자, 속에서 무언가가 끓어 올랐다.

파모라의 표정이 와락 구겨졌다. 마력이 요동쳤다.

화아악.

파모라는 가타부타 말도 없이 손을 뻗었다. 뭐라고 말 할 틈도 없이 짧은 순간, 그녀의 손바닥에서부터 거대한 마력구가 방출되었다.

짙은 암흑마력의 응집체였다. 그 짧은 시간 발동한 마법이라기엔 굉장한 힘을 품고 있었다. 하지만, 마력구는 골렘에게 닿지 않았다.

그저 골렘을 스치고 지나가 어둠 저 편으로 날아갔다.

"……."

그녀는 마력구를 방출한 자신의 손을 내려보았다. 파모라는 고개를 갸웃했다.

"이게 어떻게 된 거지? 정확히 노렸을 텐데."

"궁금할 것이다. 생전에 흑마법의 정점에 올랐던 리치퀸이 고작 이 거리에서 마력구도 제대로 못맞추게 되었으니까."

"내 몸에 무슨 짓을 한 거지?"

"너무 걱정할 건 없어. '나'를 공격하는 것만 아니라면 마법을 제대로 쓸 수 있을 테니까."

"…너를?"

파모라는 고개를 갸웃했다. 몸의 상태는 정상이었다. 이전의 풍만하고 농염한 몸은 아니었지만. 그건 외적인 것이고, 몸의 협응에 크게 이질감이 느껴지는 것은 아니다. 넘치는 마력의 상태도 그랬다.

그런데 '우대혁'은 건드릴 수가 없다고? 무슨 얘기인지 선뜻 이해가 가지 않았다.

'그러고 보니….'

파모라는 손을 쥐었다가 펴보았다. 몸의 상태는 정상이었다. 하지만 파모라는 느낄 수 있었다. 방금 전의 상황, 우대혁을 향해 마법을 쓰려고 하자, 몸이 멋대로 방향을 틀었다.

우대혁이 그녀의 궁금증을 해결해주었다.

"파모라. 어떻게 된 것인지 대강 설명해주마. 우선 이곳은 노바틱행성이 아니야."

"……?"

"이곳은 지구라는 행성이다."

"그게 무슨소리지? 본녀를 놀리려고 드는 것이라면 용서하지 않을 것이다."

"진정해."

"이곳이 노바틱 행성이 아닌 다른 행성이라고?"

"하나하나 설명하긴 귀찮고. 두 가지만 기억하면 돼. 하나는 이곳이 지구란 것. 그리고 다른 하나는 네 몸에 관한 거야. 왜 나를 공격하지 못했는지."

"······."

"너는 이제 내 골렘이다. 아까 나를 향해 마법을 사용하지 못한 이유도 그것 때문이지."

"고··· 골렘? 본녀가? 노바틱 행성 제일의 흑마법사 이리치퀸 파모라가? 내가 말이냐!"

그녀의 몸에서 불길한 흑마법의 마력뭉치가 뭉실뭉실 흘러나왔다. 하지만 그러거나 말거나 대혁의 태도는 여유로웠다. 그녀가 대혁의 골렘이 된 이상, 주종관계는 확실하다.

대혁은 서론은 건너 뛰고 바로 본론으로 들어갔다.

"그래. 그러니까 주인님 해봐."

"···주··· 뭐?"

"주. 인. 님."

"······."

파모라는 진정으로 자신이 그런 말을 할 일은 없을 거라고 생각했다. 자신의 위에 있는 존재는 길가메쉬 하나뿐이었다. 우대혁은 길가메쉬의 적이었다.

그런 우대혁이 주인? 그 얘기를 입에 올리느니 스스로의 몸을 불태운다.

하지만··· 그런 파모라의 굳은 결의와는 상관없이 입술이 자신도 모르게 열렸다.

파모라는 입술을 닫기 위해 노력했지만 입술은 제멋대로 움직였다.

"주… 주…."

"옳지."

"…인… 님."

"뭐라고? 다시 한 번."

"…주인님."

대혁이 씨익 웃었다.

"그래. 나도 잘 부탁한다. 파모라."

대혁이 파모라의 머리를 툭툭 두드렸다.

파모라의 냉막했던 얼굴이 울상이 되어버렸다.

◆

"응? 어디?"

대혁은 전성업과 통화를 했다. 파모라는 무엇이 못마땅한지 뾰루퉁한 표정을 짓고 대혁을 쳐다 보고 있었다.

"아… 아. 그래. 생각보다 가깝군. 도로명 주소를 문자로 넣어줘."

대혁은 파모라의 성능을 테스트 하는 겸 던전에 들어갈 생각이었다. 인천 연수구의 고급주택단지에서 발생한 던전.

이번엔 특이하게도 개인주택에서 던전이 발생했다.

연수구는 송도에서도 가까웠다.

던전 오염수치가 급속하게 높아진 던전 중 하나. 수치로 보았을 때, 앞으로 48시간 안에 공략을 못하면 던전이 붕괴되어 던전 브레이크가 발생할 것이라고 한다. 그리고 이 던전은 던전이 발생한지 채 보름이 안되었다고 한다. 기존의 두 달에 비하면 극히 빠른 속도.

사태의 심각성을 파악한 상부에서는 특별히 꾸린 공략대를 보냈다. 태극인가 해태인가 하는 길드의 정예가 참여했다고도 하고….

"뭘 그렇게 뚫어져라 쳐다 보고있어? 뭐 할 말있어?"

"아… 아니."

"옷이나 좀 챙겨 입어라."

파모라는 파쿨타템에서 나온 이후로 계속 나체 상태였다. 대혁이 미리 준비해뒀던 여성용 옷을 던졌다.

파모라가 궁시렁 거렸다.

"만들 거면 제대로 만들지. 몸을 이따위로 만들어 놓으니 욕정하지도 않는 거 아냐."

"뭐?"

"아무것도 아니야."

파모라는 궁시렁거리는 것을 멈추지 않고 옷을 입었다.

"잘 어울리네."

디즈니 캐릭터가 프린팅된 펑퍼짐한 박스티와 스키니핏의 청바지, 그리고 흰 색 운동화였다.

"……."

그 캐쥬얼하고, 여성으로서의 매력은 찾아볼 수 없는 옷차림에 파모라가 길게 한숨을 뱉었다.

대혁은 공방문을 열고 밖으로 나갔다.

"다 입었으면 따라와."

그 뒤를 파모라가 총총거리며 따라왔다.

◆

콰아아아앙!

굉음이 던전 내부를 울렸다. 마법이 직격한 곳엔 거대한 크레이터가 파였다. 흙과 돌 따위가 튀어올랐다.

"구워억~"

크레이터의 중앙에 있던 몬스터는 흔적조차 남기지 못하고 분쇄되었다. 광역마법을 빗겨 맞은 몬스터는 죽지 않고, 비명을 지르며 고통을 호소했다.

팔이나 다리가 뜯겨져 나간 오우거, 트롤 따위의 몬스터였다.

파모라는 무표정한 얼굴로 손을 흔들었다. 그녀의 손길에 따라 흑마법이 발동했다. 검은 창이 날아가 오우거의 머리를 분리시켰다.

트롤의 몸엔 검은 불꽃이 붙었다. 트롤 특유의 재생력으로 인해 몸이 재생이 되기도 전에, 불꽃은 트롤의 몸을 집어 삼키고 재로 만들어버렸다.

"훌륭해."

대혁이 말했다. 파모라의 흑마법은 대혁이 구태여 언급할 필요도 없을 정도로 막강했다. 파모라는 앳된 몸에 어울리지 않은 냉막한 표정을 지었다. 몬스터가 피칠갑을 하고 죽어나가는 것을 지켜보면서도 표정은 조금의 변화도 없었다.

몬스터가 완전히 숨을 거둘 때까지 지켜본다. 그리고 몬스터가 죽으면 새로운 마법을 걸었다.

네크로맨시.

죽은 자를 되살리는 술법이었다. 루번의 것과는 비교도 되지 않는 위력. 루번이 한 번에 되살릴 수 있는 것은, 체구가 비교적 작은 인간정도였다. 하지만 파모라는 3m가 넘는 거대한 체구의 오우거나 트롤도 가볍게 되살려냈다.

몸의 조각이 조금이라도 남아 있는 몬스터는 신체가 재구성 되었다.

벌써 파모라의 뒤로는 수십에 달하는 오우거와 트롤의 좀비가 서 있었다.

새롭게 일어난 언데드가, 파모라의 뒤로 운집해 있는 몬스터들에 합류했다.

"길가메쉬님은 어떻게 됐지?"

"궁금한가?"

"본녀를 넘어섰으니 당연히 길가메쉬님에게 어금니를 드러냈겠지. 네가 여기 있는 것을 보면 어쩌면 길가메쉬님도…."

"그래 맞아."

"……!"

"그를 만났고, 싸웠어. 그리고 내가 이겼지. 하지만 죽이진 않았어."

"왜지?"

"내 목적은 지구로 돌아오는 것이었거든."

대혁은 짧게 대답하고 다시 안으로 걸어들어갔다. 파모라는 약간 거리를 두고 따라왔다.

'지금은 나보다 강할지도 모르겠군.'

대혁이 속으로 뇌까렸다.

노바틱 행성에서라면 비교할 수 없었겠지만, 지금의 스펙만 놓고보면 파모라가 더 강할지도 모른다.

대혁의 명령을 거부할 수 없는 골렘인게 다행일 정도였다.

오니켄과 종현량보다도 몇 단계 위였다.

대혁은 안쪽으로 걸어들어가며 주위를 살폈다. 던전 브레이크가 가속화된 던전의 내부라지만 별다른 이상은 발견되지 않는다.

아직 던전의 바깥쪽이라서 그런거라고 대혁은 생각했다. 조금 더 안쪽에선, 던전의 이상을 야기한것이 무엇인지 발견할 수 있을것이다.

허리춤까지 자란 갈대를 헤치고 지나갈때였다.

쒜에에엑! 퍽!

재블린(투창) 하나가 날아와 대혁의 앞쪽에 있는 나무에 꽂혔다.

7. 포탈

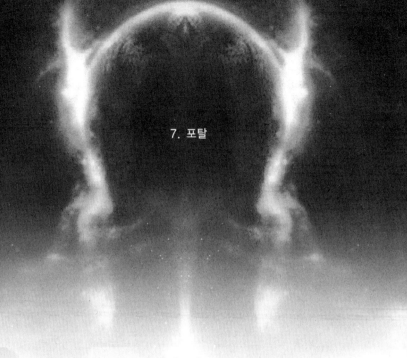

7. 포탈

나무에 꽂힌 재블린의 자루가 부르르 떨었다. 대혁은 무심한 눈빛으로 창이 날아온 곳으로 시선을 던졌다. 다섯 명의 남녀가 그곳에 있었다. 그들은 오우거와 트롤을 상대로 전투를 벌이고 있었다.

"뭐지? 저것들은?"

한발 늦게 걸어온 파모라가 물었다.

"헌터들."

"헌터?"

"노바틱 행성으로 따지자면 게이머라고 보면 된다."

게이머라는 말에 파모라는 주의 깊게 그들의 움직임을 살폈다. 그러더니 눈을 질끈 감아버렸다. 못 볼꼴이라도 봤다는 표정이었다.

"게이머에 비하면 형편없이 약해보이는데?"

파모라의 목소리는 시큰둥했다.

그녀의 머릿속에 있는 게이머는 대혁이나 대지의 영웅, 전율의 마녀 같은 자들이다.

그들에 비교한다면 저기서 싸우고 있는 헌터들의 실력은 약해빠졌다.

하지만 그것은 파모라의 생각이었을 뿐, 다섯 명의 헌터들은 실상 그렇게 약한 편이 아니었다. 아니, 오히려 강했다. 그들인 지구의 헌터중에서도 상위권에 속하는 사람들이었다. 다만 파모라가 상정외로 강할 뿐.

나무에 꽂힌 재블린이 계속 부르르 떨었다. 대혁은 재블린을 돌아보았다. 재블린의 진동이 점점 빨라졌다. 처음엔 재블린을 던진 힘이 강해서 그런줄 알았다. 하지만 그게 아니었다.

'다른 힘이 작용하고 있군.'

대혁의 생각대로였다. 부르르 떨던 재블린은 누가 건드지도 않았는데 나무에서 빠져나왔다. 눈이라도 달린것처럼 허공에서 한 차례 회전한 재블린은, 곧 목표를 정하고 한 방향으로 날아갔다.

쒜에에에엑-!

그것은 재블린이 날아왔던 방향이었다.

"원격조종인가?"

대혁은 턱을 쓰다듬으며 다섯 명의 남녀를 훑어보았다. 모두 움직임이 깔끔하고 크게 나무랄 데 없는 동작으로 오우거를 상대하고 있었다. 각기 다른 기술로 오우거와 트롤을 상대하면서도, 서로의 움직임에 지장을 주지 않고 있었다. 오래동안 호흡을 맞춰온 듯했다.

"저 남자군."

그 중에서도 유독 한 남자가 대혁의 눈에 띄었다. 그의 주변으로 7개의 투창이 이리저리 날아다니며 오우거를 유린했다. 나무에 꽂혔던 재블린이 역시 그의 곁으로 돌아갔다.

둥실 둥실 떠나니는 재블린을 보며 대혁이 중얼거렸다.

"이기어검以氣馭劍?"

대혁은 대지의 영웅 규토가 사용하던 기술을 떠올렸다. 정점에 달한 검사는 손을 쓰지 않고도 검을 자유자재로 부린다. 규토가 그랬다. 그는 검을 마법처럼 부렸다. 규토는 손을 쓰지 않고도 수백 미터 밖에서도 검을 조종할 수 있었다.

그런 기술이 아닐까 싶었다.

"……"

하지만 곧 대혁은 그게 아니란 걸 알 수 있었다. 저건 이기어검이 아니다. 대혁은 허공을 유영하는 창과 이기어검의 큰 차이점을 간파했다. 이기어검은 오러를 싣고 날아다닌다. 하지만 저 창엔 오러가 실려있지 않다. 당연히 위력상에 큰 차이가 있을 것이었다.

퍼억!

허공을 유영하던 재블린이 오우거의 사각을 노리고 쏜살같이 쏘아졌다. 재블린이 오우거의 왼쪽 겨드랑이를 파고들었다.

푸욱.

재블린이 오우거의 어깨를 찢고 지나갔다.

투툭.

왼쪽팔이 바닥으로 떨어졌다. 시뻘건 단면에서 피분수가 쏟아졌다.

재블린을 다루는 남자는 고통스러워하는 오우거의 숨통을 끊어놓았다.

"그래도 족히 S급은 될 것 같군."

몸놀림을 보건대 대혁이 봐왔던 S급 헌터들에도 모자람이 없었다. 다른 네 명의 헌터 역시 재블린을 쓰는 헌터와 거의 비등한 실력을 보였다. 저 정도라면 한국의 헌터중에서도 최상위의 실력을 가진 헌터들이리라.

"끝이 보이는군."

대혁은 전황을 예리하게 분석했다. 대혁의 생각대로 싸움은 곧 끝났다. 헌터 다섯 명은 오우거 넷과 트롤 둘을 상대로 어렵지 않게 승리를 이끌어 냈다.

"움직이지 마세요!"

대혁이 그들을 향해 한발자국 뗐을 때였다. 재블린을 쓰던 남자가 소리쳤다.

"……."

재블린의 남자는 턱짓으로 뒤 편을 가르켰다. 파모라가 있는 쪽이었다. 그의 얼굴은 설명을 구한다는 표정이었다.

"아차."

대혁은 그제야 파모라의 뒤 편으로 늘어선 오우거, 트롤 좀비 병단을 떠올렸다.

수십마리의 몬스터를 대동하고 나타났는데, 그들의 입장에선 당연히 긴장을 늦출 수 없을 것이다.

"저거 왜 이래라 저래라야? 약해빠진 주제에. 죽여 버릴까?"

파모라는 재블린 남자가 마음에 들지 않는 듯 인상을 쓰고 뇌까렸다. 그녀의 목소리에선 냉기가 풀풀 날렸다. 실제로 파모라가 마음만 먹는다면 저들을 죽이는 건 일도 아니었다.

"나보다 더 막가파군."

대혁은 헛웃음을 터뜨렸다. 사춘기 소녀처럼 생각없이 말하는것 같지만, 정말 그녀가 힘을 쓰면 골치아파진다.

"그럴 필요도 없거니와, 그래선 머리만 아파진다. 아서라."

대혁은 재블린 남자를 향해 상황을 설명했다.

"걱정하실 필요 없습니다. 이쪽은 파모라. 그리고 뒤 편의 몬스터들은 이미 죽은 상태입니다. 다만 파모라의 기술로 움직이는 것 뿐이죠."

"네크로맨시 같은 겁니까?"

재블린 남자가 다시 물었다. 영종도에서 난동을 부린 루번탓에 네크로맨시라는 흑마법은 상당히 유명해진 상태다. 하지만 희유한 기술이었다. 더군다나 루번이라는 섬칫한 범죄자와 같은 기술을 쓴다는 사실때문에 여전히 그들의 얼굴엔 긴장이 역력했다.

"예. 비슷합니다."

대혁이 고개를 끄덕였다. 상황설명이 끝나자 재블린 남자가 먼저 표정을 풀었다. 그는 최대한 밝게 웃으며 다가왔다. 그 뒤를 네 명의 동료가 따랐다.

"그 쪽은 우대혁씨죠?"

남자는 대혁을 알고 있었다. 파모라에 대한 경계를 쉽게 지운것도, 우대혁의 유명세 덕택이었다.

"예."

"요즘 활약상은 많이 보고, 또 전해 듣고 있습니다."

"아. 그렇군요."

"진혁이가 제 친한 동생이거든요."

진혁이? 대혁은 그 이름을 떠올렸다. 헌터협회 한국 지부장으로부터 함께 목함을 수호하는 역할을 부여받았던 궁수의 이름이었다.

"하여간 반갑습니다. 이거 연예인을 보는 기분이네요."

남자는 껄껄 대며 웃었다. 웃을 때마다 잡초처럼 자란 턱

수염과 콧수염이 흔들거렸다.

"아! 저희 소개를 해야겠군요. 저는 체이서 이동걸입니다."

체이서 이동걸. 추영팔창追影八槍이라 불리우는 아티팩트를 사용하는 S급 헌터였다. 등뒤에 백팩처럼 메고 있는 창갑에 여덟 개의 재블린을 보관하고 있다가, 싸움이 시작되면 출창을 시작한다. 목표를 향해 던져진 창은 표적을 놓치지 않고 끝까지 추적한다고해서 추영이라는 별명이 붙었다.

그리고 이동걸은 염동력 능력자였다. 나무에 꽂혔던 재블린을 회수하는 능력은 이동걸의 싸이코키네시스에 의한 것이었다. 추영팔창과 이동걸의 헌터 능력은 조화가 맞아 큰 시너지 효과를 일으켰다.

자기소개를 끝마친 이동걸은 뒤쪽에 있는 다른 헌터들을 하나하나 손으로 가리켰다.

"이쪽은…"

이동걸은 그들에 대한 설명을 덧붙였다.

A+급 헌터 윤용민.

타고난 천력을 바탕으로 싸우는 헌터다. 힘이 좋을 뿐더러 맨몸박투기술을 높은 수준으로 익혀 맨손으로 몬스터를 때려잡는 헌터였다.

A+급 헌터 장현승.

전류를 다루는 헌터다. 1만 암페어의 전류를 한꺼번에

몸에 저장할 수 있고, 이를 방출해서 공격한다.

전류를 직접 방출하는 것 뿐만 아니라, 열에너지로 변환시켜 방출하는것도 가능하다.

A+급 헌터 채은하.

여자고, 검 한 자루를 들고 있다. 그녀는 한국에선 검으로 유명한 헌터 중 하나였다. 하지만 나름 검에 재간이 있다고 해도, 무토 요시노리처럼 전 세계적인 명성을 떨칠 정도는 아니었다.

"제 소개는 제가할게요."

마지막 여자 헌터는 본인이 직접 나서 자기소개를 했다. 빨간 립을 바르고 있었고, 피부는 하얀 편이었다. 긴 머리는 포니테일로 깔끔하게 묶고 있었다.

"S급 헌터 황은빈이에요. 능력은 좌표식 타켓팅 폭발. 능력에 대한 구차한 설명보다는 한 번 보여주는 게 빠르겠죠."

딱!

황은빈이 손가락을 튕겼다. 그러자 10m정도 거리에 있는 나무에서 난데없어 폭발이 일어났다.

퍼엉!

성인 세 명이 손을 끼고 둘러 안아야 할 만큼 커다란 나무였다. 하지만 황은빈이 일으킨 폭발에 그대로 꺾여나갔다.

우수수.

나무 파편이 바닥으로 떨어졌다.

황은빈은 곁눈질로 파모라를 쳐다봤다.

골렘의 2
장인

우대혁의 눈이 이채를 띠었다. 대혁은 머리통이 통째로 날아가 있고, 상반신에 시꺼먼 검댕이 묻어있는 오우거의 시체를 봤다. 아마 그녀에게 당한 오우거 일 것이다.

편리한 능력이다. 언제, 어느 위치고 간에. 설령 장애물이 있어도 건너뛰고 폭발이 가능하다.

"이미 알겠지만 저는 우대혁입니다."

그들의 소개가 끝나자 대혁은 자신의 소개를 했다. 대혁은 머드 골렘을 두 기 소환했다. 지금까지는 순전히 파모라의 능력을 시험하느라 대혁은 힘 하나쓰지 않고 있었다. 골렘 역시 한 기도 소환하지 않고 있었다. 대혁은 그저 뒷짐을 지고 산책하듯이 던전 안을 거닐었을 뿐이다.

대혁이 골렘을 소환하자 모두 감탄했다.

"이게 그…"

골렘을 보며 감탄하는 그들을 향해 대혁이 첨언했다.

"아시겠지만 제 능력은 골렘을 다루는 것입니다."

대혁은 파모라의 소개도 시켜줬다. 파모라는 몇 걸음 뒤에서 도도한 표정을 짓고 있었다. 굳이 이쪽의 대화에 끼고 싶은 마음이 없는 모양이었다.

"아까 말했듯이 이쪽은 파모라입니다."

대혁은 골렘이라고 하려다가 말을 바꿨다. 괜히 골렘이라고 얘기하면 꼬치꼬치 깨물을 성 싶었다. 파모라는 외형으로 보기에는 인간과 다름 없었으니까.

"제 동료입니다."

그래서 대혁은 그냥 동료라는 말로, 파모라의 소개를 마무리했다. 파모라는 팔짱을 끼고, 헌터들에겐 시선도 주지 않았다.

"어머, 새침한 꼬마구나."

황은빈이 말했다. 붉은 립의 꼬리가 슬며시 올라갔다. 황은빈의 도발에, 파모라는 그녀에게 시선을 던졌다. 풍만한 가슴, 급하게 경사져 떨어지는 몸의 굴곡.

황은빈은 농염한 여인의 몸을 하고 있었다.

지금의 파모라와는 정 반대의 모습이었다. 순간 파모라의 눈에서 파직 불꽃이 튀었다.

"그러는 아줌마는 오지랖이 심하네요."

아줌마라는 소리에 빠직! 황은빈의 이마에 열십자로 힘줄이 돋아났다.

"아, 아줌… 뭐?"

황은빈이 얼굴을 붉히며 삿대질을 하려는데 추영팔창 이동걸이 끼어들었다. 황은빈은 엉거주춤 뒤로 물러섰다.

"혹시 이 던전에 대해 들으신 얘기가 있으십니까?"

이동걸의 질문에 대혁은 고개를 끄덕였다.

"이 던전의 오염수치가 평균치를 크게 웃돌았다더군요. 그래서 던전브레이크까지 앞으로 이틀밖에 남지 않았구요."

"아… 역시 알고 계시는군요."

"지인에게 들었습니다."

"예, 맞습니다. 그래서 긴급하게 저희가 투입된거죠."

아직 매스컴을 통해 보도를 하진 않았지만, 딱히 비밀이랄 만한것도 아니었다.

우대혁정도 되는 헌터라면 당연히 알고 있을거라고 생각했다. 이동걸이 말했다.

"이곳뿐만이 아닙니다. 이곳을 포함해 전국 9개의 던전에서 가속화가 발견되었습니다. 각 던전에는 지금 저희 같이 정예로 구성된 팀이 특파되었습니다."

"그렇군요."

대혁은 고개를 끄덕였다. 이미 전성업에게 들어 알고 있는 내용이었다.

"그럼 혹시 던전 브레이크가 왜 가속화 되었는지도 아십니까?"

대혁은 파모라의 성능 테스트 겸, 던전 가속화의 이유를 알아보기 위해 이 던전을 선택한 것이다. 그런걸 알리가 없었다. 알면 구태여 이 던전으로 오지 않았을수도 있다. 대혁이 고개를 저었다.

"왜 가속화가 된 겁니까?"

이동걸이 눈을 형형히 빛냈다. 그는 은밀한 얘기를 속삭이는 것처럼 목소리를 살짝 낮추고 말했다.

"저희가 특수팀을 꾸려 이 던전에 진입하기 직전이었습니다. 길드로부터 정보를 하나 더 들었죠."

이동걸의 말에 대혁은 그들의 면면을 보았다. S급 헌터 둘에 A급 헌터 셋. S급 헌터가 둘이나 끼어 있다는 것 자체가 보통 파티는 아니라는 것을 의미했다. 거기에 A급 헌터들 역시 최상위 실력자들이었다 S급에 범주에 놔도 이상할 것 없는.

이쯤 되면 단순히 이 던전의 공략을 위해서 보내진 파티라기엔 조금 과분하다고 느껴질 정도.

대혁은 이동걸이 풀어 놓는 이야기에 조금 흥미가 동했다.

"정보요?"

"던전 브레이크 가속화는… 한국에서만 일어나고 있는 일이 아닙니다."

"……."

"벌써 정보가 빠른 길드들은 다 알고 있을겁니다. 던전 브레이크의 가속화는 전세계적인 추세에요. 전세계적으로 이상징후를 보이는 던전들이 나타나고 있습니다."

"그런데요?"

"저희가 투입하기 직전까지 상부에서 저희에게 해준 이야기는 간단했습니다. 던전 가속화에 대해서. 그리고 그 사례로 중국 광저우와 독일 프랑크푸르트에서 일어난 던전 브레이크를 말해줬죠. 저희는 그 사실만 알고 던전에 진입하려고 했습니다. 그런데 던전 진입직전 새로 받은 정보가 있습니다."

"그 정보란 것이 그러니까 무엇입니까?"

"캐나다 몬트리올에서 발생한 던전 브레이크에 관한것입니다. 몬트리올의 던전 역시 던전 오염수치가 기존보다 빨리 급증했다고 합니다. 앞선 사례들과 비슷한 경우죠. 그런데… 그 안에서 지금까지의 던전에선 보지 못했던 새로운 현상이 발견되었다는 겁니다."

"…새로운 현상이요?"

"예. 그 안에 다른 차원으로 통하는 포탈이 열려있다는 것 이었습니다."

"……."

"그것이 앞서 말한 다른 두 던전에서도 발견되었는지에 대해선 아직 밝혀진바 없습니다. 하지만 그 쪽 사람들도 자세한 경위에 대해서 조사에 착수한 상황이라고 합니다. 여하간 저희는 포탈이 가속화에 영향을 주었을지도 모르니, 던전의 공략과 함께 포탈이 있는지 없는 지도 샅샅이 뒤지라는 임무를 추가로 얻었지요."

"그래서, 포탈을 찾았습니까?"

"보시다시피 아직이요."

대혁은 팔장을 끼고 골똘히 생각에 빠졌다. 네크로맨서 루번에 대해서 떠올렸다. 그는 자신을 이주를 허가 받은자 '눌람' 이라고 했다. 그를 누가 지구로 옮겨 주었을까. 아마 이주를 '허가' 해줬다는 그 존재가 지구로의 이동을 돕지 않았을까? 네크로맨서 루번이 스스로의 힘으로 이동을 했다는 건 가정할 수 조차 없다. 대혁도 그건 불가능했다.

노바틱 행성으로부터 지구까지 건너오는 일은 대혁조차도 길가메쉬의 힘을 빌어서야만 가능했다. 그건 행성의 지배자가 갖춘 능력인 것이었다.

행성간 이동. 대마도사인 전율의 마녀조차 성간이동마법은 엄두도 내지 못했다. 그건 마법의 영역을 이미 초월해 있었다. 신의 영역에 침범하는 힘인 것이다.

'그 포탈이 행성간 이동이 가능한 포탈이라면… 확실히 던전의 가속화에 영향을 줬을지도 모르지.'

근거리를 이어주는 포탈이 아니라 차원간, 행성간 이동을 가능케 하는 포탈이라면 어마어마한 힘이 담겨져 있을게 분명했다. 그것이 던전에 영향을 미친것이다.

대혁은 이동걸에게 물었다.

"그래서 그 포탈은 어떻게 됐다고 합니까?"

"거기까진 정보를 듣지 못했습니다."

"흠."

대혁은 고개를 끄덕거렸다. 어쩌면 던전의 지배자가 관련되어 있을지도 모르겠다는 생각이 들었다.

만일 그렇다면, 이 포탈을 찾아보면 그 뒤에 던전의 배후나 행성의 주인에 대한 정보를 얻을 수 있을지도 모른다. 그 둘이 한 인물일 수도 있고.

"그런데 제게 그런 얘기를 해주시는 이유가 뭐죠?"

아무 조건도 없이 이동걸이 자신이 맡은 임무에 대해

털어놓을 이유는 없었다. 정곡을 찌른 대혁의 말에 이동걸이 씩 웃었다.

"이건 단순히 개인의 영달이 아니라, 인류를 위한 일입니다. 혹시 포탈을 발견하신다면 저희에게도 알려주시면 해서 정보를 드린 것입니다. 인류의 평화를 위해!"

"……"

이동걸은 거창하게 말했다. 정말 그가 인류를 위하는 거국적인 사람인지, 아니면 그저 실적을 올리고 싶어하는 헌터인지는 상관없었다.

포탈을 발견하게 된다면, 대혁은 자신이 먼저 포탈에 대해 알아볼 것이다.

"무슨 말씀하시는지 알겠습니다."

대혁은 적당히 대답했다. 이동걸의 표정이 밝아졌다.

"감사합니다!"

둘은 가볍게 인사를 나눴다. 이동걸은 자신의 무리를 끌고 이동을 시작했다. 일급헌터들이 가벼운 발걸음으로 멀어져갔다. 파모라가 대혁을 향해 말했다.

"기다리느라 지루했어. 무슨 얘기를 그렇게 한거야?"

"파모라. 혹시 길가메쉬가 다른 행성에도 욕심을 부린 적이 있나?"

"그게 무슨 소리야?"

"다른 행성을 정복하겠다는 야욕이나… 뭐 그런 걸 표출한적이 있느냐 말이지. 너는 길가메쉬의 심복 중 하나였으니 잘 알거 아냐?"

파모라는 미간을 모았다.

"글쎄. 잘 모르겠네."

"잘 생각해봐. 어쩌면 그가 관련되어 있을지도 몰라."

"뭐? 무슨 얘기를 하는 거야? 길가메쉬님을 다시 볼 수 있는 거야?"

"아무것도 확실하진 않아. 다만 나는 가능성을 얘기하고 있는 것이니까."

"……."

"한 번 잘 생각해봐. 길가메쉬에 대해서."

파모라는 끙 하는 소리를 내면서 생각에 잠겼다. 곧 그녀는 고개를 흔들었다.

"아니. 내가 아는 길가메쉬님은 다른 행성에 대한 정복야욕 같은 건 드러낸 적이 없었어. 그는 꽤 올곧은 인물이었다고."

그 말에 대혁이 피식 웃었다.

"올곧아? 그의 장난질에 죽어간 인간이 몇 명인데."

"인간을 가장 많이 죽이는 건 인간 스스로지. 나 역시 한 때 인간이었으니까 잘 알아."

"……."

"그리고, 그가 올곧다는 건 맞는 얘기야. 더 많은 인간이 죽어나갈 수 있었어. 하지만 그는 최대한 그런 죽음이 확산되지 않도록 노력했지."

"알 수 없는 얘기를 하는군."

"이건 나도 정확히는 모르는 얘기지만… 길가메쉬님이 노바틱 행성의 주인이었다고 해서, 그가 모든 일의 내막인 것은 아니야."

"그건 무슨 얘기지?"

"말했다시피 확실한건 아냐. 다만 길가메쉬님은 관리자였을 뿐이야. 길가메쉬님의 위에 또 누군가가 있었다는 건 확실해. 단순히 행성차원을 넘어선… 그런 존재가."

"……?"

대혁의 머릿속에 순간 골렘이 스쳐 지나갔다.

신들이 만든 인형. 골렘. 본래 이 기술의 주인은 까마득한 존재다. 행성의 지배자보다도 더 위에 있는….

'그래. 그럴 수도 있겠군.'

깊게 생각해본 적은 없었다. 하지만 이제 해야할 때다. 신이나 행성의 지배자보다도 위에 있는 자에 대해서.

'점점 복잡해지는군.'

그래도 우선 할 일은 잡혔다. 포탈을 찾는 것이다.

"움직이자. 파모라. 우선 포탈을 찾아봐야겠어."

◆

빠악–

오우거의 머리가 터져나갔다. 피를 비롯한 뇌와 뇌수 따위가 질펀하게 갈대숲 위로 흩뿌려졌다.

"크르르… 크르."

그 앞으로 보통 오우거보다 두 배는 덩치가 커보이는 오우거가 서 있었다.

덩치뿐만 아니라 모든 게 두 배였다. 머리도 두 개였고, 눈 코입도, 두 배였다. 팔도 네 개나 달고 있었다. 그리고 네 개의 팔에는 모두 단단한 몽둥이 따위의 무기가 들려있었다.

훙-훙-훙.

무기를 휘두를 때마다 바람이 통째로 밀려나는 듯한 파공성이 들렸다. 무지막지한 괴력이 느껴지는 공격이었다.

"워워어–!"

공격을 휘두르며 트윈헤드 오우거가 울부짖었다. 장내가 쩌렁 쩌렁 울렸다. 백수의 왕 사자라도 까무러칠만큼 거대한 소리였다. 하지만 두려움을 모르는 오우거와 트롤좀비는 꾸역꾸역 달려들었다. 트윈헤드 오우거는 네 개의 팔을 휘둘렀다.

달려드는 오우거의 머리통이나 트롤의 몸집이 터지거나 으깨져 함몰되었다.

파모라는 팔짱을 끼고 지켜보고 있었다. 피가 분수처럼 솟구치고 뼈와 육편이 난무했지만, 눈썹끝자락도 흔들리지 않았다.

"발악을 하네."

그녀의 솔직한 감상평이었다. 아무리 트윈헤드 오우거라고 해도 수십 마리가 넘는 오우거와 트롤을 감당할 수 있을리 없었다.

"달려들어. 그리고 넘어뜨려. 한 번 무너뜨리면 끝이야."

오우거를 독려하듯 파모라가 말했다. 그녀의 말에 언뜻 오우거와 트롤의 움직임이 더 활발해지는 듯 했다.

그 뒤로는 대혁이 팔짱을 끼고 파모라를 지켜봤다.

"흑마법으로 그냥 끝내지?"

"……."

"왜? 싫어?"

"어차피 쟤네 못 데리고 나갈 거 아냐. 이왕 만든 거 쓰임새가 있게 해줘야지."

"……."

파모라의 얘기는 나름 일리가 있었다. 대혁이 고개를 끄덕였다. 파모라 같은 커스텀 골렘은 자신의 자아가 강하다. 가끔은 얘기를 들어주는 게 나을 때도 있다.

"워어억!"

곧 단말마가 터졌다. 좀비들이 승기를 잡았다. 트윈헤드 오우거가 넘어졌다. 그 위로 좀비 오우거 올라탔다.

퍽! 빠각!

인해전술은 효과가 있었다. 앞서 오우거와 트롤의 피로 갈대숲이 흥건해질 정도로 일방적으로 보였지만, 결국은 승기가 넘어왔다.

좀비 오우거는 넘어진 트윈헤드 오우거의 팔 다리를 잡아 뜯었다.

"꾸워어억!"

수 십 마리에 달하는 오우거와 트롤이 이제 얼마 남지도 않았다. 하지만 남은 좀비들은 사납게 공격을 자행했다. 트윈헤드 오우거는 팔 다리가 하나씩 뜯겨져 나가자 고통에 마구 몸부림쳤다.

그 몸부림에 얻어맞은 좀비 오우거 몇 마리가 또 나가떨어졌다.

그럼 그 자리를 또 다른 좀비들이 메웠다. 좀비는 두려움이 없었다.

"……."

곧 전투현장이 잠잠해졌다. 거열형이라도 당한 것처럼 트윈헤드 오우거의 사지는 모두 몸통과 분리되어 있었다. 트윈헤드 오우거는 길게 혀를 빼물고 죽어 있었다.

좀비 오우거와 트롤도 모두 시체로 돌아가 누워 있었다. 장관이었다.

"구어…."

살아남은 오우거 한 마리가 파모라의 앞으로 비척거리며 걸어왔다.

"고생했다."

반의 반도 안되는 파모라가 한 칭찬을 마지막으로, 오우거는 머리를 땅에 박고 쓰러져 죽었다.

"보스몬스터는 잡았고…."

대혁이 중얼거렸다. 트윈헤드 오우거는 보스몬스터였다.

대혁은 보스몬스터가 휘두르는 검은 몸둥이를 집어 들었다.

[트윈헤드 오우거의 클럽]

-강철보다 단단한 흑강목으로 만들어져 내구도가 뛰어나다.

"……."

보스몬스터가 내놓은 아티팩트는 특별할게 없었다. 하지만 골렘이 사용하기엔 쓸만할성 싶었다. 흑강목 클럽은 총네 개 였다. 대혁은 클럽을 슬롯에서 꺼내, 파쿨타템의 안으로 집어 던졌다. 슬롯 칸을 낭비할 필요는 없었다.

"트윈헤드 오우거가 한 발자국도 물러나지 않고 지키던 이 연못이 수상하더란 말이지."

대혁이 중얼거렸다. 트윈 헤드 오우거의 뒤편으로는 폭이 10m정도 되는 연못이 있었다.

"파모라. 이걸 좀 해결할 수 있나?"

"……?"

파모라가 뚱한 표정을 지었다.

"어떻게?"

"마법으로?"

"마법사는 신이 아니야."

"그래서 못한다는 거야?

"그건 아니야."

파모라가 입술을 비죽였다. 작은 입술이 달싹 거리더니 허공에 집채만한 화구가 생겼다.

"…뭐하려고?"

"물을 모조리 증발시킬거야."

파모라가 천천히 손을 내렸다. 거대한 불의 공이 파모라의 손짓을 따라 천천히 연못을 향해 내려갔다.

부글부글.

연못의 물은 금세 끓기 시작했다. 파모라는 멈추지 않고 손을 내렸다.

"무식한 방법이군."

대혁이 감탄했다. 파모라가 인상을 썼다.

"그거 욕이지?"

"아니, 칭찬이야."

곧 연못의 물이 모두 증발되었다. 한순간에 물이 모두 증발되자 주위로 자욱한 수증기가 꼈다.

대혁은 스톰글러브를 낀 손으로 물안개를 밀어냈다.

바닥을 드러낸 연못안을 들여다 본 대혁이 말했다.

"찾았다."

연못바닥에서 푸르스름한 빛의 고리, 포탈이 모습을 드러냈다.

우대혁은 연못바닥으로 몸을 날렸다.

터틱!

3~4m 정도 되는 높이였지만 대혁은 가볍게 내려 앉았다. 오니켄과의 일전 이후 신체를 한층 능숙하게 사용할 수 있데 된 대혁이다.

대혁은 약간의 거리를 두고 포탈을 쳐다보았다. 포탈은 바닥으로부터 20~30cm정도 이격되어 있었다.

가장자리로 갈수록 푸르스름한 색깔이 선연해졌고, 그 안쪽은 새하얀 힘의 흐름이 백열했다. 크기는 위아래로 2m정도.

"이건 확실히… 낯설군."

대혁이 턱매를 쓰다듬었다. 포탈에 흐르는 힘은 마력이나 오러같은 것이 아니었다. 뭐라고 정의할 수 없는 제 3의 기운이었다.

파쿨타템이 뿜어내는 이질적인 기운과도 비슷한 듯 다르다.

"이게 뭐지?"

부우웅.

파모라 부유마법으로 천천히 내려오며 물었다. 대혁이 단답했다.

"포탈."

파모라는 사뿐하게 바닥에 내려앉았다.

파모라가 고개를 갸웃했다.

"포탈? 이동마법의 통로를 말하는 거야?"

"음. 듣기론 그렇다."

대혁도 자세히는 알지 못했다. 그저 이동걸에게 들은 얘기와 대혁이 알고 있는 지식을 취합했을때, 눈 앞에 있는 빛의 고리를 포탈이라고 결론 내릴 수밖에 없었다.

대혁이 말했다.

"모양도 포탈이잖아?"

"모양은 포탈이 맞아. 하지만 포탈과는 미묘하게 다른 것 같아서 그래. 너도 느끼고 있지 않아?"

"그래. 구성하고 있는 힘이 느껴보지 못했던 거야."

"잘 알고 있네. 이건 마나를 배열해 만들어낸 통로가 아냐."

파모라가 손을 뻗었다. 그녀의 손끝으로부터 검은 마력이 꽃잎처럼 팔랑거리면서 나왔다. 마력은 팔랑거리면서 날아 포탈위에 내려앉았다.

츠츠츠츠.

마력이 닿자 포탈이 반응을 일으켰다. 작은 스파크가 일더니 검은 꽃잎을 녹여버린 것이다.

파모라가 하는양을 가만히 지켜보던 대혁이 혼잣말처럼 물었다.

"…뭐지?"

"검사 좀 해보려고 했는데… 내 힘을 가볍게 상쇄시켜버렸어."

"……."

"이건 확실히 마력으로 만들어 놓은 게 아냐. 그보다 한 차원 높은 힘."

"한 차원 높은 힘이라면 뭘 말하는 거지?"

"거기까진 모르겠어. 길가메쉬님의 힘과도 비슷하면서 미묘하게 달라."

파모라의 입에서 길가메쉬의 얘기가 나왔다. 대혁 역시 그와 직접 맞상대 해 본 경험이 있기 때문에 그의 힘은 누구보다 잘 알고 있었다.

길가메쉬의 힘은 오러와 비슷하다. 하지만 오러는 아니다. 구태여 얘기하자면 정제된 오러 같았다. 그는 순도 100%의 '오러와 비슷한 힘'을 줄기줄기 뽑아낸다.

'그래. 비슷하면서 다르다. 무슨 얘긴지 알겠어.'

길가메쉬의 힘이 정제된 오러라면 포탈을 구성하고 있는 기운은 정제된 마나 같았다. 잡스러운 기운이 일체 섞이지 않은 마나.

'역시 행성의 지배자가 만들어 놓은 것인가?'

대혁은 아이템 슬롯을 열었다. 그 안에서 티타늄 큐브 두 개를 꺼냈다. 허공에서 큐브를 꺼내는 대혁을 보고 파모라가 눈을 휘둥그레 떴다.

"뭐야? 어디서 나온 거야?"

"알면 다쳐."

대혁은 티타늄 골렘 2기를 소환 했다. 이게 정말 포탈이라면 저 너머가 있을 것이다

하지만 직접 들어가기엔 꺼림직했다. 포털의 다른 출구가 어디로 연결되어 있는지도 모른다. 알지 못할 타차원이나 행성으로 연결되어 있으면 미아가 되어버릴지도 모른다.

그럴 때 사용하라고 골렘이 있는 것이었다.

파캉!

골렘이 포탈안으로 들어가려고 하자 얇은 막이 떠올랐다. 골렘은 막에 밀려 엉거주춤 뒤로 물러났다.

"선택되지 않은 존재의 진입은 막는 건가?"

대혁이 중얼거렸다.

"내가 도와줄게."

파모라가 마력을 모아 손짓했다.

푸시식.

검은 마력이 포탈을 휘감았다.

"됐어."

골렘이 다시 움직였다. 파모라의 말대로 막이 사라져 있었다. 이번엔 방해 없이 안으로 쑤욱 들어간다.

"어때?"

파모라가 물었다. 대혁은 눈을 감고 정신을 집중했다. 평소 대혁과 골렘은 정신적으로 연결되어 있다. 필요에 따라

골렘이 보고, 느끼는 것을 대혁도 느낄 수 있다. 헌데 지금은.

"아무것도 느껴지지 않는군."

대혁이 중얼거렸다. 그가 눈을 뜨고 다시 포탈을 똑바로 노려보았다. 마치 포탈 너머를 꿰뚫어 보기라도 하려는 것처럼.

파모라가 뚱한 표정으로 물었다.

"그게 무슨 소리야?

"완전히 신호가 끊겼어."

"그런 경우도 있어?"

대혁은 곰곰이 생각했다. 대혁과 골렘의 정신이 통하는 유효거리에 대해서. 특별히 신경 써 본적은 없다. 다만 사기라고 해도 좋을 정도로 그 거리는 넓었다. 제한이 없는 게 아닌가 싶을 정도로.

만일 골렘이 파괴되는 경우가 아니라면, 한 행성의 끝과 끝에 있더라도 골렘을 느낄 수 있다.

하지만 대혁은 딱 한 번, 골렘과의 연결이 끊어진 경험이 있었다.

"있어."

"그게 언젠데?"

노바틱 행성에서 지구로 돌아왔을 때.

대혁은 노바틱 행성에 있는 수 많은 골렘과의 단절을 겪었다.

비단 단절뿐만 아니라 힘을 대부분 잃기까지 했었다.

"내가 지구로 다시 돌아왔을 때."

"……"

대혁은 남은 한 기의 티타늄 골렘에게 명령을 내렸다.

"네가 할 일은 간단하다. 들어갔다가 돌아나오면 돼."

골렘이 돌아올 수 있도록 처음부터 지시를 한다. 이렇게 한다면 넘어간 이후 신호가 통하지 않아도 골렘은 돌아올 수 있을 것이다.

티타늄 골렘은 대혁의 명령을 받고 포탈 안으로 걸음을 옮겼다.

"……"

골렘이 포탈 건너편으로 넘어가버리자, 아까처럼 골렘과의 모든 연결이 끊어졌다.

대혁은 팔짱을 끼고 골렘을 기다렸다.

"……"

짧은 시간이 흘렀다.

파지지지.

처음엔 소리가 나기 시작했다. 그 다음엔 티타늄 골렘의 손이 보였다. 지이이익. 흰색 기운이 티타늄 골렘의 손을 따라 주욱 늘어졌다.

'됐어.'

대혁은 내심 성공을 확신했다. 이제 티타늄 골렘이 넘어오면 건너편에서 본 게 무엇인지 알 수 있다.

하지만 그건 착각이었다.

파츠츠츳.

기이한 소리를 내며 포탈이 쭈그러들기 시작했다.

"뭐야?"

"포탈을 구성하고 있는 기운이 급속도로 작아지고 있어."

파모라가 손을 털었다. 그녀의 손짓에 마력이 흩뿌려졌다. 소멸하는 포탈을 고정시키기 위해서였다.

빠지직.

하지만 소용없었다. 파모라의 마력으로도 축소하는 포탈을 막을 순 없었다.

"치잇."

파모라가 혀를 찼다. 급하게 마력을 끌어올렸지만 역부족이었다. 아니, 제대로 힘을 썼다고 해도 장담할 수 없다. 포탈은 한 차원 높은 마력으로 이루어진 마법이었다.

파앙!

이쪽으로 뻗어오던 골렘의 손도 다시 저 쪽으로 튕겨져 나갔다. 포탈은 계속해서 쭈그러들었다. 마지막까지 힘을 쓰던 파모라도 손을 뗐다. 파모라가 마력을 거두자 포탈은 더 빠른 속도로 영역을 좁혔다.

파-앗!

짧게 빛이 뿜어져 나오더니, 결국 포탈은 사라져버렸다. 정적이 흘렀다.

"……."

파모라는 약간 얼떨떨한 표정으로 자신의 손을 내려다봤다. 아무리 급하게 힘을 썼다지만, 자신이 거의 손도 대지 못할 정도로 고위급 마법이었다.

그녀 역시 마법에 있어서는 둘째가라면 서러운 존재였다. 이런식으로 일방적인 결과는 몇 번 겪어 본적없다.

파모라가 말했다.

"뭔가 있어."

대혁은 그 뭔가를 떠올렸다. 이 순간 네크로맨서 루번이 말했던 '눌람'이라는 자들에 대한 생각이 머릿속을 스쳤다.

'네크로맨서는 이주를 허가받았다 그랬지.'

허가받은 자들을 위한 통로일지도 모른다. 이주를 위해 만들어진 통로.

'노바틱 행성에선 이런 포탈 따위 없었어.'

대혁은 노바틱 행성에서도 수 많은 던전을 돌았다. 그리고 던전에 대한 많은 정보를 갖고 있었다. 그의 기억에 타 행성, 타 차원으로 통하는 포탈따위는 노바틱 행성에 존재하지 않았다.

'지구의 지배자는… 뭔가를 꾸미고 있는 건가?'

대혁이 상념에 빠져 있을 때 였다.

쾅!

폭발이 일어났다. 대혁과 파모라는 연못의 바깥으로 빠져나왔다. 울창한 갈대 숲 저 쪽에서 커다란 폭발음이 들렸다.

쒜애애액-!

쒜액!

폭발음 뿐 만이 아니었다. 재블린이 허공을 가르는 소리, 전깃불이 번쩍이는 것 까지 보였다.

"헌터 팀이 이쪽으로 오고 있는 모양이군."

"어떻게 할 거지?"

"이것 저것 설명하기 애매해. 우린 그냥 떠난다."

대혁은 헌터들이 오는 반대쪽으로 걸어가기 시작했다. 파모라가 그 뒤를 조용히 따랐다.

◆

"이 꼬마 숙녀분은?"

전성업이 파모라를 보며 말했다. 대혁이 짧게 대답했다.

"동료."

전성업이 눈을 빛냈다.

"…워. 정말 새로운 동료인 것입니까?"

파모라의 눈썹이 꿈틀거리며 움직였다.

"꼬마?"

꼬마라는 말이 거슬린 모양이다. 파모라는 겉으로 보기에 많아야 중학생정도 밖에 안돼보였다. 전성업이 꼬마라고 말하는 것도 무리는 아니다. 하지만 여성성의 상징이었던 파모라는, 그 호칭이 맘에 들지 않았다.

"아. 꼬마라는 말이 실례였나요? 그럼 그냥 숙녀분이라고 하죠."

전성업은 씨익 웃었다. 붙임성이 좋은 성격답게 기가 막히게 파모라의 기분을 맞춰주었다. 하지만 그 마저도 파모라를 만족시키지 못한 모양이었다.

파모라가 말했다.

"아니. 누나라고 불러."

"누~나~?"

전성업이 말끝을 늘어뜨렸다. 넉살좋은 그에게도 누나라는 말은 무리였다. 듣고 있던 우대혁이 한마디 보탰다.

"괜찮아. 누나라고 부르도록 해."

전성업이 황당한 표정을 지었다.

"아니, 형님. 이거 호적이 어떻게 돌아가는 겁니까? 이렇게 어린데 누나라뇨?"

"나이가 걱정이라면 파모라가 훨씬 많으니까 걱정 마라."

"엑?"

전성업은 의아한 얼굴로 파모라를 보았다.

"실례지만 몇 살이시죠?

"……."

"아. 숙녀한테 나이를 묻는 건 실례인가."

리치퀸인 파모라는 100살이 넘었다. 나이로 따지자면 이 공방에 있는 사람중 가장 연장자였다.

파모라가 자신의 나이를 선뜻 밝히지 못하자 전성업은 에둘러 물었다.

"도저히 안믿기지만… 저보다 많다면… 27보다 윕니까?"

100살이 넘는 파모라를 보고 27살을 기준으로 나이를 묻는다면 크게 이득인 부분이었다.

파모라는 살며시 고개를 끄덕였다.

전성업은 아무래도 안믿긴다는 표정이었지만, 결국 체념했다.

"알겠습니다."

대혁이 전성업을 불렀다.

"그래 소개는 이쯤에서 끝내고, 내가 얘기했던 자료 갖고 왔지?"

"예. 정보통과 여기저기 라인 탈탈 털어서 정보를 긁어 모았습니다."

전성업은 테이블위에 인화해온 사진을 올려놓았다.

대혁은 사진을 들어 하나씩 넘겨보았다.

"우선 지난 3일간 한국에 있는 가속화던전 아홉 개는 모두해결됐습니다."

"던전 브레이크가 없었으니 당연하겠지."

"예. 태극, 해태의 정예 길드원들을 비롯해서 한국의 S급 헌터 대부분과 헌터협회 한국지부까지 작전에 나서서 처리했습니다."

"꽤나 요란했을 텐데 여태까지 매스컴은 잠잠하군."

"위쪽에서 엠바고를 요청하는 공문이 내려왔습니다. 우선은 이대로 묻어둘 생각인 것 같습니다."

대혁이 고개를 끄덕였다.

"그리고 역시 이 가속화는 전 세계적인 추세인 것 같습니다."

"또 어디가 문제였나?"

"예. 제네바. 멕시코 시티. 리우데자네이루. 아부다비. 테헤란. 뉴델리. 쿠알라룸프르. 타이페이… 뭐 입에 다 담기도 힘들정도로 많은 도시에서 동일한 현상이 발견되고 있습니다."

"시한폭탄이군. 언젠가 터질 거야."

대혁은 사진을 계속 넘겨보았다. 전성업도 모처럼 진지한 표정으로 고개를 끄덕였다.

"예. 뭔가 격변이 찾아오고 있는게 확실합니다. 던전이 처음 발생했을 때처럼… 큰 혼란이 올것 같아요."

"그래도 아직까진 대부분 잘 막고 있는 모양이야."

"예. 대부분은요. 그런데 그러지 못한 곳도 있는 모양입니다."

"그게 무슨 소리지?"

전성업은 새로 사진 몇 장을 테이블 위에 내려놨다. 빌딩 몇 채가 무너져 내려 있었다.

"이건 뭐지?"

"방콕입니다. 태국 헌터들이 막지 못한 모양입니다."

대혁은 사진을 살펴봤다. 그의 미간이 좁혀졌다.

"그런데 던전 브레이크치곤 피해가 경미하군."

그의 말대로였다. 던전 브레이크가 일어나면 그 안에서 수 백, 수 천에 달하는 몬스터가 쏟아져나온다. 그 몬스터와 한 바탕 소탕전을 벌이고나면, 도시의 대부분이 전쟁이라도 치룬것처럼 폐허가 되기 마련이다. 시부야 사거리처럼. 하지만 방콕은 빌딩 몇 채가 무너진게 전부다.

"그러고 보니 잘린 단면이 깔끔하군."

어디서 본 솜씨 같다고 대혁은 생각했다. 전성업이 고개를 끄덕였다.

"역시 예리하시네요. 던전 브레이크가 일어났음에도 그 안에선 한 마리의 몬스터도 나오지 않았습니다."

"⋯⋯?"

"대신 사람 한 명이 나왔죠."

"⋯사람?"

"이 자입니다."

전성업이 새로운 사진을 한 장 내려놨다. CCTV에 찍힌 사진을 현상한듯 화질은 형편 없었다. 하지만 그 사진을 보는 순간 대혁은 눈을 크게 치켜떴다.

떡 벌어진 어깨와 당당한 풍체. 웬만한 성인도 어린아이로 만들만큼 큰 키. 그리고 폭이 넓은 투 핸드 소드. 그는 그 검을 '슬레이어' 라고 부르기도 했다.

대혁이 아는 인물이었다. 알다 뿐인가? 대혁의 전우이자 친우였던 자다.

대혁의 그의 이름을 입에 올렸다.

"대지의 영웅… 규토?"

8. 놀람

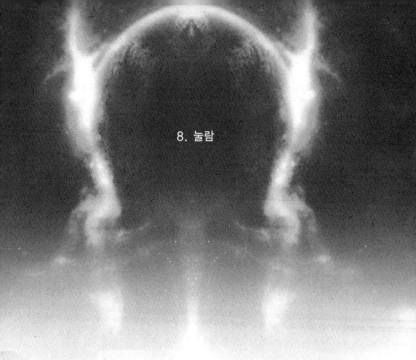

8. 눌람

심상치 않은 대혁의 반응에 전성업이 조심스러워졌다. 대혁의 저런 표정을 본 적이 있었던가? 전성업은 반추해봤다. 없다. 붉은 악어 늪지대에서 그를 처음 보았을때도 그의 표정엔 시종 여유가 있었다. 평시엔 더했다. 마치 모든 게 생각과 판단의 범주안에 있는 것처럼 행동했다.

하지만 지금은 조금 달랐다. 마치 예상치 못했던 걸 본 사람 같았다. 전성업이 천천히 입을 열었다.

"…아는 사람입니까?"

대혁의 대답이 지체되었다. 전성업의 의문은 파모라가 풀어주었다. 뒤편에 서 있던 파모라가 흘깃 사진을 내려봤다. 그리고 대혁 대신 대답했다.

"규토네."

전성업은 고개를 갸웃했다. 규토? 처음듣는 이름이다. 하지만 던전 브레이크에서 툭 튀어 나온 사람이 평범한 인간일리 없다. 전성업은 자신이 잘못들었는가 싶어 재차 확인했다.

"…규토요?"

잘못들은 게 아니다. 파모라는 고개를 끄덕이며 첨언했다.

"그런 놈이 있어. 무식하게 힘만 쎈 인간이지."

"어째 이 남자에게 감정이 있어 보이십니다?"

"그렇게 봤다면 정확히 본 거야."

파모라가 어깨를 으쓱했다. 규토뿐만 아니라 대혁도 파모라에겐 적이었다. 물론 노바틱 행성에 있을 때의 얘기다.

대혁의 골렘으로 되살아난 지금은 적이 아니다. 규토는 대혁의 동료고, 파모라 역시 대혁의 동료가 되었으니까.

지금은 적보단 동료라고 표현하는게 더 어울릴 것이다.

'어제의 적이 오늘의 동지가 될 수 도 있다는 말이 이렇게 실감이 날 줄이야.'

파모라는 속으로 생각했다. 그녀가 흘러내린 머릿결을 만지작 거리며 말했다.

"규토까지 이 쪽으로 건너왔단 말인데… 구린 냄새가 나네. 필시 뭔가 있어."

골렘의 2
장인

파모라는 대혁에게 네크로맨서 루번에 대한 얘기를 들었다. 루번은 그녀의 권속 중 하나였다. 평소 루번을 아꼈고, 루번이 자신을 단순히 충의 이상으로 따른다는 것도 알았다. 하지만 지구까지 건너와서 자신의 회생을 위해 고군분투 할 줄은 몰랐다.

그래서 그가 죽었다는 얘기를 들었을 때는 조금 움찔 하는 마음이 들기도 했다.

그러나 파모라는 수 많은 죽음의 위에 서 있는 존재였다. 네크로맨서로 살아오면 셀 수 없이 많은 죽음을 보았다. 루번의 죽음 역시 금방 납득하고 받아들일 수 있었다.

전성업은 미간을 잔뜩 모았다. 그가 불퉁한 목소리로 말했다. 대혁과 파모라는 사진 속의 남자를 알고 있다. 알뿐만 아니라 그와 상당한 관련이 있는 듯 했다. 허나 자신은 생판 모른다.

"왜인지 소외당하는 기분이네요."

"딱히 그런 건 아냐."

"이래 뵈도 당당히 헌터신문의 대표로 있는 겁니다. 이쪽 정보에 대해선 꽤나 빠삭하게 잡고 있다는 얘기죠. 근데 이 남자는 처음 보는 사람이에요. 던전 브레이크에 관련된 걸 보면 거물일 텐데…."

"……."

"그런데 두 분은 아시고 있고요. 쫌 섭섭한 마음도 드네요."

전성업의 입술이 댓발 나왔다. 잠자코 사진을 보던 대혁이 입을 열었다.

"모를 수밖에 없어."

"그건 무슨 말이에요? 모를 수밖에 없다뇨?"

"그는 이 행성 사람이 아니니까."

전성업이 입을 떠억 벌렸다. 그가 아는 대혁은 행성단위의 농담 따먹기를 할 사람이 아니었다.

"무슨 얘깁니까? 타행성 사람이라니? 그가 외계인이라도 된다는 말이에요?"

대혁은 전성업은 쳐다보았다. 그간 지내온 날들에 비추어 봤을 때, 전성업은 똑똑하고 의리가 있는 사람이었다. 그리고 사실을 얘기했을 때, 어느 정도 감당할 수 있는 사람이기도 했다.

대혁은 적당히 가감을 하는 선에서 진실을 털어놓았다.

◆

동남아시아 태국. 방콕은 차오프라야강 하구로부터 약 30km 상류 왼쪽 연안에 자리 잡고 있다.

인구가 800만이 넘는 대도시로써 세계적인 관광도시, 그리고 동남아시아의 맹주로 자리 잡고 있는 도시이기도 하다.

굼피, 에르완같은 동남아시아 5대 길드 중 두 길드의 본사가 있는 곳이기도 했다.

그런 방콕의 야시장 중 하나인 딸랏 롯빠이. 교통편이 애매하지만 로컬들이 사랑하는 야시장이다.

그런 만큼 현지인들이 득시글거리는 가운데 백인 한 명이 플라스틱 의자에 앉아 땅콩가루가 잔뜩 올라간 팟타이(태국식 볶음국수)를 먹고 있었다.

몇몇 태국인들은 그를 흘끔거리기도 했다. 관광객들이 넘쳐나는 태국에서 외국인의 모습이 신기해서 그런 것은 아니다. 그의 모습이 시선을 잡아 끌 만큼 잘생겨서도 아니다.

그저 덩치가 상당히 듬직했기 때문이다.

후루룩.

남자는 시선 따위는 무시해버렸다. 그리고 국수를 먹었다.

"앉아도 되나?"

국수를 먹는 남자 앞에 낯선 남자 둘이 나타났다. 덩치 큰 남자가 젓가락을 내려놨다.

"허락이 필요한 것 같진 않아 보이는데?"

덩치 큰 남자가 말했다. 그의 말대로 둘은 승낙을 듣지도 않고 앞자리에 앉아버렸다.

"분명 낯설 텐데도 적응이 상당히 빠르군."

"날 아나? 너희는 누구지?"

"적응하는 속도 만큼이나 성격도 급하군."

새로이 자리에 앉은 남자 둘은 자기소개를 했다.

"나는 막스라고 부르면 된다."

"내 이름은 아락 윙트라쿨! 아락이라고 불러."

한 명은 백인이었고, 한 명은 태국 네이티브로 보였다.

백인은 좀 더 진중한 성격이었고, 태국인은 가벼웠다. 아락이 호기심이 뚝뚝 떨어지는 눈으로 덩치 큰 남자를 보며 중얼거렸다.

"덩치 진짜 크네."

"……."

"근데 이렇게 막 돌아다녀도 되는 거야? 수배 떨어진 거 몰라?"

"그랬나? 몰랐네."

덩치 큰 남자가 조금 맹한 표정으로 말했다. 그는 다시 젓가락을 집어 국수를 먹기 시작했다. 막스가 말했다.

"생각보다 훨씬 태평하군."

"타고난 거라 어쩔 수 없어."

국수를 우물거리며 남자가 말했다.

"그래. 네 성격은 어느 정도 알고 있다. 규토."

"내 이름까지 알고 있고. 냄새가 쏠쏠 나네."

규토는 국수를 흡입하듯 먹어치우곤 젓가락을 내려놨다.

"여기서 얘기 하긴 적절하지 않은 것 같아. 일어나지."

규토가 일어났다.

막스와 아락 윙트라쿨의 뒤를 쫓았다.

"어디로 가는 거야? 지리는 알고 가는 거야?"

아락 윙트라쿨이 물었다. 규토는 대답하지 않고 묵묵히 걸음을 옮겼다. 어째 점점 어두운 곳으로 가고 있다고 막스와 아락은 생각했다. 가로등이나 불빛이 점점 줄어들고, 인적도 드문 곳에서 다다라서야 규토는 멈춰 섰다.

규토가 뒤돌아서 말했다.

"할 얘기가 있으면 해 봐."

"여기야? 좋은 술집이라도 가는 줄 알았는데."

아락 윙트라쿨이 실망한 표정으로 말했다. 막스는 아락 윙트라쿨의 어깨를 툭툭치곤, 규토를 향해 말했다.

"우리는 움툼이다."

"움툼?"

"그래. 신의 사자들. 그의 사역을 돕고 있다."

"근데?"

"대지의 영웅 규토. 이전 행성에서 너의 위명은 들어서 잘 알고 있다. 이주를 허가 받은 것도 위업이 있기 때문이겠지."

"......"

"우리는 아시아라는 대륙을 근거지로 신의 사역을 하는 레버넌트 소속이다. 규토 너를 레버넌트에 초대하고 싶군."

규토가 피식 웃었다.

"뭐야? 고작 포교활동이나 하려는 거였어?"

포교 활동이라는 말이 아락 윙트라쿨이 반발했다.

"흥, 고작 멸망한 왕국의 왕이 비싸게 구네! 어자피 너도 도망온거나 마찬가지잖아?"

"……"

"도망자 주제에 비싸게 굴지 않는게 좋다구~ 여긴 망.한.왕.국.의 허울뿐인 왕이 으스댈 곳이 아니니까."

그 말에 규토의 표정이 차게 식었다. 막스는 이변을 감지했다. 그가 뭐라고 얘기할 찰나였다.

뿌아악!

가죽북을 두들기는 소리가 났다.

그리고 아락 윙트라쿨이 텅텅! 바닥을 굴러 나가 떨어졌다. 수십m를 나가떨어진 아락 윙트라쿨은 담벼락을 부수고야 멈춰섰다. 그의 위로 담벼락의 잔해가 우수수 쌓였다.

"……"

막스는 침을 꿀꺽 삼켰다. 아락 윙트라쿨은 보기엔 촐랑이는 것 같아도 레버넌트의 일원 중 하나였다. 저렇게 쉽게 나가떨어질 사람은 아니다.

더군다나 막스는 규토의 움직임을 쫓지도 못했다. 그저 모두가 가만히 있는데 아락 윙트라쿨 혼자 나가떨어지는 걸로밖에 보이지 않았다.

"……"

규토가 낮은 목소리로 입을 열었다.

"난 발탄 왕국의 왕 규토다. 할 말이 있으면 예를 갖추고 다시 말해보아라."

팟타이를 먹을 때의 맹한 모습은 어디에도 없었다. 왕의 위엄이 흘렀다.

막스가 다시 침을 꿀꺽 삼켰다. 그는 회유하기 위해 이 자리에 왔다. 어떻게든 목적은 이뤄야 한다.

◆

대혁의 얘기를 듣고 전성업은 돌아갔다. 그의 표정은 놀라움이나 황당함을 표하지 않았다. 대혁의 생각대로였다. 대신 그는 희열과 흥분따위로 번들거리는 표정을 유감없이 보여줬다. 그리고 자신의 감정을 한 문장으로 표현했다.

"와 역시 형님은 졸라 짱이야."

공방에는 대혁과 파모라만이 남아 있었다.

"왜 노바틱 행성 최고의 강자까지 꺾었다는 얘기는 안했어?"

"굳이 그것까지 할 필요는 없잖아."

"그런데 그한테 얘기 해도 되는 건가?"

"전성업은 믿을 만한 사람이야. 그리고 그가 안다고 해도 달라질 건 없잖아?"

파모라는 고개를 끄덕였다. 대혁의 말이 사실이었다. 대혁이 타행성에서 귀환했다라고 해도, 달라지는것도,

달라질것고 없다. 던전이 전염병처럼 번지는 이 세계에도, 타 행성에 관한 얘기는 소설처럼 들릴 테니까.

"······."

대혁은 눈을 감았다. 그는 생각에 빠졌다. 규토가 왜 지구로 오게 됐는지에 대해서. 네크로맨서 루번이라면 이해가 간다. 그는 파모라를 되살리기 위해 무슨짓이라도 해야했다. 그리고 노바틱 행성에도 별 미련이 없을 터 였다. 하지만 규토는 다르다. 규토는 발탄 왕국의 왕이었다. 왕국을 버리고 지구로 이주할 이유가 없었다.

대혁은 마지막 격전에 대해 떠올렸다.

최후의 싸움에서 대혁은 길가메쉬를 꺾었다.

그리고 그 싸움의 2주일 전에는 전율의 마녀가 파모라를 상대했다.

그리고 한달전에는 규토가 남쪽의 무왕(武王)이자 길가메쉬의 호위대장인 오투곤쿠를 상대했다.

대혁은 그 싸움의 승패를 알고 있다.

규토는 오투곤쿠를 무릎 꿇렸다. 그리고 자신의 왕국인 발탄으로 돌아갔다. 그는 앞으로는 왕국을 돌보는 일에 전념하겠노라고 얘기했다.

"왜 건너왔는지는 몰라도 어떻게 건너왔는지는 알겠군. 포탈을 넘어서 왔겠지. 이주를 허락받고."

대혁은 이주를 허락 받은자 '눌람'과 '움툼' 레버넌트 사이에 교집합이 있다는 것을 떠올렸다.

네크로맨서 루번.

"눌람과 레버넌트는 관련이 있는 건가?"

하나의 가설이 떠올랐다. 이주를 허락 받고, 건너온 자들이 레버넌트에 합류하는 것은 아닐까 하는.

즉 지구의 지배자는 노바틱 행성의 강자들을 자신의 편으로 끌어들이고 있다.

대혁은 이 질문의 답을 해줄 존재를 알고 있다. 아울러 그들을 지금 데리고 있었다. 비록 시체지만.

"바로 확인해봐야겠군."

대혁은 파쿨타템의 문을 열었다.

"파모라. 좀 도와줘야겠다."

카라멜을 까먹던 파모라가 대혁을 보았다. 그녀가 우물거리며 말했다.

"뭔데?"

"들어오면 설명해줄게."

대혁은 골렘 수트를 입었다. 그리고 파쿨타템 안으로 들어가기 전에 다른 골렘 두 기에 명령을 내렸다.

"너희는 저기 몸통 들고 따라와."

그곳엔 지난 며칠간 아르실라로 만들어놓은 남성형의 골렘 몸통이 있었다.

'레버넌트.'

오니켄과 종현량을 골렘으로 되살릴 생각이었다.

◆

"얘기해 봐. 이 칙칙한 곳에서 뭐하려고?"

파모라는 파쿨타템의 내부를 돌아보곤 말했다. 언제 있어도 음침한 것이 꼭 무덤 안에 들어와 있는 것 같았다.

"그거 맛있냐?"

"뭐?"

"카라멜. 계속 먹고 있네."

파모라는 대혁의 공방에 있는 카라멜를 봉지째로 들고 와서 하나씩 까먹고 있었다. 전성업이 사다놓은 주전부리 중에 하나였다.

"그냥 뭐. 사실 너무 달아. 애들이 먹는 건가?"

"박한 평가에 비해선 너무 많이 먹는데?"

"그… 그건."

파모라는 카라멜을 바닥에 내팽개쳤다.

"안 먹으면 되잖아."

"아니, 먹어."

"……"

파모라는 카라멜 봉투를 다시 주워들었다. 참 배알도 없다고 대혁은 생각했지만 입밖으로 내진 않았다.

"그거 다 먹고나면, 더 사줄게. 나 좀 돕자."

"그래. 뭔데? 말해봐."

골렘을 카라멜로 유혹할 수 있을지는 생각도 못했다.

대혁은 용건을 털어놨다.

"골렘으로 만들고 싶은 녀석들이 있는데."

"응."

"몸체는 보시다시피 여기 만들어놨어."

대혁은 뒤 편, 아르실라로 만들어놓은 몸체를 가르켰다. 파모라가 고개를 끄덕이곤 말했다.

"원래 생김새는 아니지?"

"응. 대강 만들었어."

대강이라고는 표현하지만 사람의 생김새가 정밀하게 표현되어 있다. 다만 둘 다 대머리였다.

파모라의 머리는 콜리카스라는 누에의 실로 머리칼까지 그럴듯하게 만들어 주었다. 하지만 굳이 남성체를 만드는데 그렇게 디테일을 살릴 필요까진 없다는게 대혁의 생각이었다.

"나처럼 획기적으로 다운그레이드 해서 만든 건 아니지? 그렇다면 깨어났을 때 충격이 어마어마 할 거라고!"

실은 파모라를 만드는데 가장 공을 썼다. 하지만 파모라는 그런것과는 관계 없이 자신의 몸을 마뜩찮게 생각했다. 대혁은 아무럼 상관없다는 듯 말했다.

"이 골렘들의 핵을 만드는 걸 도와줘야겠어."

대혁이 말했다. 파모라가 고개를 갸우뚱했다.

"골렘을 만드는데 내가 도울 수 있는 있는 일이 있어?"

"음. 파모라 너처럼 인격이 있는 골렘을 만들 땐 소울 코어가 필요하거든."

"소울 코어?"

"너는 라이프 포스로 대체할 수 있었지. 하지만 이번에 만들 골렘들은 죽기 전에 인간이었어. 그런 게 있을 리가 없지."

"그래서?"

"자, 봐."

대혁이 손짓을 하자 골렘이 무언가를 들고왔다. 속이 투명한 돌멩이였다. 언뜻 마나스톤처럼 보이기도 했다.

"여기에 영혼을 불러와 담는 거야. 골렘의 동력이 되는 마나스톤. 인격과 힘을 결정하는 소울 코어. 소울 코어를 이식한 골렘은 생전 영혼의 성격과 기술, 기억들을 이어받을 수 있어."

"오호라."

"해줄 수 있지?"

"물론. 근데 이 나라고 해도 아무 영혼이나 다 불러 올 순 없어. 구천에 떠도는 영혼의 숫자가 몇인지나 알아?"

"그럴 줄 알고, 촉매를 준비했어."

"촉매?"

골렘들이 시체 두 구를 가지고 왔다. 오니켄과 종현량의 시신이었다. 시신은 핏물이 깨끗하게 닦여져 있었다. 으슬으슬한 파쿨타템의 내부에 있었기 때문에 부패속도도 느렸다.

"이거면 됐지?"

"응. 준비성 좋네."

파모라는 카라멜 봉지를 옆에 내려놨다. 그리고 오니켄과 종현량의 시신을 번갈아 가면서 쳐다봤다. 그녀의 시선이 오니켄 위에 멈췄다.

"음. 이쪽이 더 쉽겠어. 저 작은 인간은 좀 복잡해."

"그럼 오니켄부터 해줘."

"알았어."

파모라는 오니켄의 앞에 쭈그리고 앉았다. 그리고 검지와 중지 두 손가락을 시신의 이마에 얹었다. 그녀가 눈을 감고 정신을 집중했다. 검은 마력이 스물 스물 흘러나왔다.

"……."

대혁이 조용히 파모라를 지켜보았다. 노바틱 행성에서 커스텀 골렘을 만들 때도 종종 다른 사람들에게 도움을 받은 적이 있다. 네크로맨서나 샤먼, 혹은 전율의 마녀에게도 도움을 받았다.

영혼을 찾아 소울 코어를 만드는 일은 고된 작업이었다. 실력이 없는 네크로맨서는 꼬박 하루를 찾고도 못 찾는 경우가 파다했다.

하지만 파모라는 대혁이 봐왔던 자 중에서도 강령술에 가장 능한 자였다. 10분도 채 되지 않아서 파모라가 눈을 떴다. 그녀가 말했다.

"찾았어."

"벌써?"

"응. 부른다."

파모라가 오니켄의 이마에서 천천히 손을 뗐다. 그녀의 손 끝에 허여멀건한 형체가 따라 올라오기 시작했다.

"……"

대혁은 방해가 되지 않게 조용히 지켜봤다. 파모라는 조금씩 영혼을 끌어당겼다. 영혼은 바람앞의 촛불처럼 이러저리 흔들리면서 파모라의 인도아래 육신을 벗어나 조금씩 바깥으로 나왔다.

"저 쪽이야."

마침내 오니켄의 영혼을 완전히 끄집어 낸 파모라가 아직 비어있는 소울 코어의 투명한 돌로 오니켄의 영혼을 불어넣었다.

훅!

주먹만한 소울 코어의 안 쪽으로부터 순간 붉은 빛이 생겨났다. 붉은 빛은 심장처럼 두쿵 거리며 뛰었다.

"고마워. 종현량의 영혼도 부탁해."

"알았어. 근데 이번엔 시간이 좀 걸릴지도 몰라. 이 녀석이 생전에 익힌 기술이 좀 까다로운 것 같아. 뭐 잘 숨는… 그런 것 같은데."

대혁은 종현량의 기술을 떠올렸다. 그림자를 이용하거나, 그림자에 녹아들어 숨기도 했다.

"음. 맞아. 잠행에 능했지."

대혁은 소울 코어와 마나 스톤을 미리 만들어 놓은 아르실라 몸체 안에 집어넣었다. 마나 스톤은 특별히 용량이 큰 녀석으로 준비 했다. 오니켄의 기술을 감당하려면 용량이 큰 마나 스톤이 필요했다.

오니켄은 천천히 눈을 떴다.

"……."

"정신이 드나?"

"…이 상황은 뭔가요? 나는 죽은 게 아니었나?"

"죽었었지. 하지만 필요에 따라 너를 다시 살렸다."

"……."

오니켄은 주먹을 쥐었다 폈다. 몸은 이상이 없었다. 그는 자신의 몸을 살피며 천천히 시선을 내렸다.

"억."

짧은 단말마가 나왔다. 오니켄은 슬금슬금 사타구니를 손으로 가렸다.

"그… 그래서 여긴 대체 어디지요?"

"내 창고."

대혁은 사각 팬티 하나를 던져줬다. 오니켄은 빨간색 사각 팬티를 주섬주섬 챙겨 입었다.

"쉽게 이해가 가지 않는 상황이군요. 설령 신도 그런 일은 불가능할 텐데… 저를 어떻게 되살렸다는 것이며…."

"아… 뭔가 오해하고 있나본데."

대혁이 손뼉을 치자 골렘이 또 뭔가를 들고 왔다. 손거울이었다.

"이건 왜…?"

"본인의 모습을 한 번 봐."

오니켄이 손거울을 받아들었다. 그리고 거울에 자신의 얼굴을 비추어보았다.

"헉!"

오니켄이 헛바람을 들이켰다. 그는 놀라움으로 확장된 눈을 통해 자신의 몸 구석구석을 살폈다.

"이게 어떻게 된 일이지?"

몸에 이질감이 없어서 몰랐다. 하지만 이젠 알 수 있었다. 인식은 자신의 것이다. 몸은 자신의 것이 아니다. 정신은 그대로인데 몸만 바뀌어 있는 상황인 것이다. 영혼전이라도 했다는 말인가. 궁금증은 대혁이 해결해 주었다.

"그 몸은 아르실라로 만든 것이야. 넌 내 골렘이 된 셈이지."

"……"

쉽게 받아들일만한 얘긴 아니었다. 하지만 자신의 상태를 되짚어보던 오니켄은 납득할 수밖에 없었다.

죽음 직전, 오니켄은 대혁에 대한 진한 살의를 느꼈다. 그는 진심으로 대혁을 죽이기 위해 전력을 쏟아부었다. 도깨비화를 했고, 도츠카노 츠루기를 휘둘러댔다. 그 과정에서 살의는 당연히 일어날 수밖에 없는 것이었다.

그런데 지금은…

놀랍게도 대혁에 대한 감정이 호의로 바뀌어 있다. 그가 오래된 동료처럼 보인다. 레버넌트에 충성을 다하겠단 맹세 같은 것은 눈녹듯 사라진지 오래다.

그 마음을 다 알고 있다는 듯 대혁은 씨익 웃었다. 인격이 있는 커스텀 골렘은 비록 자아가 강해 대혁의 말을 안듣는 경우도 왕왕 있었지만, 기본적으로 대혁의 명령을 따를 수밖에 없는 프로세스로 구성되어 있다.

오니켄이 대혁에게 호의를 느끼는 것도 그런 이유에서였다.

"자. 이제 그럼 내가 듣고 싶은 얘기를 해줘야겠어."

"무슨 얘기를 말씀 하시는 거죠?"

"눌람에 대해서 아는 대로 털어놔봐."

"이주를 허가 받은… 눌람 말씀입니까?"

"그래."

"어디서부터 말씀드려야 할지…."

"그들이 왜 타행성으로부터 지구로 건너오는 거지?"

"이유는 다양합니다. 타행성에서 더 이상 살만한 여건이 아닐 때, 모든 걸 다 털어버리고 싶을 때… 하지만 아무나 올 수 있는 건 아니죠. 허가를 받아야 합니다."

"신이란 존재로부터?"

"예. 보통은 신의 대리인으로 부터 허가를 받는것 같긴 합니다만… 거기까진 자세히 모르겠습니다."

"신이란 자가 이 던전의 지배자가 맞지?"

"그렇습니다."

"그는 어디 있지?"

"그건 저도 모릅니다. 저 뿐만 아니라… 아마 레버넌트
의 수장도 모를 수도 있습니다. 거의 대부분 중개자를 통하
거든요."

"흠…."

오니켄을 통해 간단히 눌람에 대한 정보를 얻고 있는 와
중에 파모라가 말했다.

"얘도 다 됐어."

종현량의 영혼이 들어 있는 소울 코어가 완성됐다.

"수고 했어. 나가서 카라멜 많이 사줄게."

"내가 무슨 카라멜에 환장한 줄 알아."

대혁은 소울 코어와 마나스톤을 만들어둔 종현량의 몸체
에 넣었다.

츠츠츠!

동력원인 마나스톤에서 퍼져나온 마나가 몸을 한 바퀴
휘감고나자 종현량이 눈을 떴다.

"억."

눈을 뜬 종현량이 사타구니를 가렸다. 대혁이 파란 사각
팬티를 하나 던져줬다. 그 이후로도 오니켄과 똑같은 절차
가 지났다.

"종현량이 저보단 많은 정보를 알고 있을겁니다. 그는

실무에서 활동했으니까요."

새로운 몸을 가진 종현량과 오니켄은 쌍둥이처럼 닮았다. 털 한오라기 없이 빛이 나는 민머리에, 팬티도 색만 다를 뿐 같은 디자인이다.

다만 종현량이 170cm정도, 오니켄은 190cm 정도였다.

종현량은 술술 이야기를 털어놓았다.

"건너온 눌람에겐 우리 같은 움툼이 접촉한다."

"그래서?"

"설득한다. 같은 편으로 만들기 위해서."

"애초에 너희 편에 설 자만 불러오는 게 아닌가?"

"눌람중엔 움툼의 조직에 들어오지 않는 사람들도 있다. 그건 아니라고 생각한다."

"그럼 언제 어디서, 눌람이 건너올지는 알고 있는 건가?"

"그렇지. 찾아가서 설득을 해야하니까."

"그건 어떻게 아는 거지?"

"모든 건 수장이 직접 지시한다. 모든 움툼조직이 마찬가지일거야. 눌람이 건너오는 장소나 때를 알려주는 건 수장이야."

"흠…."

대혁이 고개를 끄덕였다. 대충 돌아가는 원리를 파악했다. 지구의 지배자에겐 자신을 섬기는 움툼들이 있다. 움툼조직은 대륙별로 하나씩 나뉘어 있다. 조직의 구성원은 블랙헌터나 이주를 통해 건너온 눌람.

포탈을 통해 건너온 눌람은 직접 설득해서 조직원으로 만든다. 그렇게 하지 못하는 경우도 있다고 한다.

"하지만 대부분은 넘어온다고 보면 돼."

"……."

대혁은 대지의 영웅 규토를 떠올렸다. 그렇다면 그에게도 레버넌트의 일원이 찾아갔을 것이다.

"레버넌트의 눌람 영입방식은 어떻게 되지?"

"우선 눌람이 나타나면 접촉을 합니다. 제안을 하고 선택할 수 있는 시간 3일을 주죠."

대혁의 질문에 오니켄이 답했다.

태국의 던전 브레이크는 어제 일어났던 것이다. 아직 규토는 태국에 있을 수도 있다.

"파모라. 오니켄. 종현량. 다 같이 갈데가 생겼다."

"…어딜?"

파모라가 물었다.

"태국."

대혁이 짧게 대답했다.

9. 규토

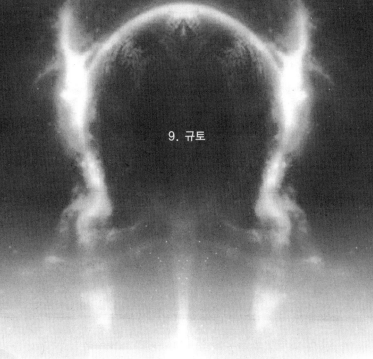

9. 규토

　익일 오전 비행기로 대혁을 비롯한 파모라, 오니켄, 종현 량은 태국으로 향했다. 일견 하기에 그렇게 강해보이진 않 았지만, 실상 넷의 전력은 막강했다. 대혁을 제외한 셋의 힘만 따지더라도 웬만한 대형길드를 하룻밤이 안 돼 괴멸 시켜 버릴 정도로 강했다. 그야말로 일당백, 일당천의 개인 들인 것이다.

　"이, 이게 뭐냐?"

　파모라가 창을 통해 점과 같은 육지를 내려다보며 중얼 거렸다. 비행마법을 통해 하늘을 날아본 적은 있지만, 거대 한 금속덩어리를 타고 날아본 경험은 그녀에게도 처음 있 는 일이었다. 오니켄이 허허 웃으며 대답해줬다.

"비행기라는 겁니다."

"비, 비행기?"

"인간의 과학기술이 만들어낸 산물이지요. 듣기에 파모라님이 계시던 시대는 중세시대와 비슷한 것 같은데… 지금은 그때에 비해 수백 년은 과학이 발달했거든요."

"굉장해."

파모라는 멍하니 밑을 내려다보며 중얼거렸다. 파모라, 오니켄, 종현량은 각기 대화를 하며 어느 정도 서로에 대해 알게 되었다. 오니켄은 누구에게나 그렇듯이 파모라에게 존대를 했다.

대혁은 시트에 앉아 그들을 보고 있었다.

본래 신분이 없는 골렘 신세인 그들이 비행기를 탈 수 있을 리가 없다. 까다로운 입출국 수속을 통과할 수 없을 테니까. 그래서 대혁은 홀로 비행기를 타고 골렘인 저 셋은 파쿨타템에 넣어 이동할 생각이었다.

하지만 그럴 필요가 없게 됐다.

한국 헌터협회에서 수속이 필요없는 협회 소유 비행기를 내주었기 때문이다.

어제 대혁은 헙터협회 한국 지부장에게 연락을 취했다. 헌터협회 측에서 규토에 대한 정보를 얻을 수 없을까 해서였다. 태국행에 관한 이야기도 넌지시 건넸다. 지부장 한만식은 적극적으로 대혁의 얘기를 듣고, 편의를 제공해 줬다.

"아. 그런 거라면 제가 도움을 드려야죠."

협회 소유 전용기를 내준 것이다. 영종도 사건 이후로 한국에서, 대혁의 지위는 크게 올랐다. 이젠 일개 헌터 수준이 아니었다. 인터넷엔 대혁의 팬들도 많이 생겼다. 그의 능력과 활약에 대한 칼럼을 쓰는 기자도 적지 않았다.

"이름이 나니까 편한 부분도 있군."

노바틱 행성에서도 마찬가지였다. 그의 이름만 밝혀도 프리패스인 경우가 많았다. 지구에서 점차 그 지위를 찾아가는 중이라고 대혁은 생각했다. 아직은 크지 않았지만 점점 영역은 확장되어 갈 것이다.

비행기는 헌터전용 항공기만 취항하는 에어포트에 내려섰다.

"안녕하세요. 우대혁씨 맞으신가요?"

머리를 단정하게 묶은 여성 헌터와 단단해 보이는 남성 헌터가 나타났다.

"펜팍 시리쿨입니다."

"비데야 판스링감입니다."

그들은 자기 소개를 했다. 대혁을 위해 특별히 나온 태국 헌터협회 측 인력이었다. 그들은 각각 A급 헌터이기도 했다.

일행은 펜팍과 비데야가 준비해둔 벤츠의 밴을 탔다. 밴이 숙소로 정한 호텔로 이동했다. 체크 인을 하고 짐을 풀어놓은 대혁은 잠시 스툴에 앉아 머리를 짚었다.

"규토. 뭘 위해 지구로 온 거냐."

규토가 포탈을 통해 태국으로 오리란 사실에 대해서는 오니켄이나 종현량도 모르고 있었다. 종현량은 주로 중국, 오니켄은 일본을 담당하고 있었기 때문이다.

대혁은 규토를 찾고나면 종현량 오니켄과 함께 레버넌트를 발본색원 할 생각이었다. 그들의 뿌리부터 역으로 거슬러 올라가면 그 최종점에 지구의 던전 지배자 역시 있을 것이다.

물론 당장의 힘으로 그를 상대해서 이길 순 없을 것이다. 파모라와 종현량과 오니켄이 있지만… 지구의 지배자가 최소 길가메쉬와 비등한 실력이라고 친다면, 대혁은 더 힘을 모아야 한다. 골렘병단을 만들고 수트도 개량해야 할 것이다.

상념에서 빠져나온 대혁은 팔짱을 끼고 눈을 감은 그 상태로 말했다.

"관음은 그쯤하고 나오지."

아무도 없는 방이었지만 대혁은 누군가를 향해 말했다.

"……."

종현량은 오니켄과 방을 잡았다. 파모라도 따로 방을 잡았다. 비록 골렘이라지만 인격을 갖고 있었다. 대혁은 인간과 동일하게 그들을 대하기 위해 방을 내주었다.

구석에 있는 그림자가 꿀렁 거리며 움직이더니 거기서 종현량이 나왔다.

"키킥. 역시 감이 좋아."

"오니켄은 뭘 하고 있지?"

"짐을 풀기도 전에 차를 내려 마시더군. 뭐, 몸이 바뀐 이후 차가 다시 땡긴다라나 뭐라나."

"······."

"그 놈은 사실 너무 재미 없어."

"오니켄은 자신의 힘 말고도 '도깨비'가 되는 기술을 썼지. 그건 너희의 신이었던 자에게 부여받은 힘인가?"

"맞아. 힘 역시 중개자가 전달한다. 우리의 특성을 최대한 반영해주지. 나는 이 그림자를 이용하는 힘을 부여받았다."

"그렇군."

"뭐, 이젠 그를 위해서 싸울 일은 없을 것 같지만."

"할 말이 있어서 왔지?"

"아. 찾는 사람이 있어서 방콕까지 온 거잖아?"

"…그렇지."

"쫌 도와주려고. 내가 사람 찾는 건 잘하거든."

그러고 보니 종현량은 그런 방면에 능했다. 대혁은 규토의 사진을 꺼내 보여주고 인상착의와 능력등을 설명해줬다.

"ok. 나 먼저 가서 찾아보도록 하지."

종현량은 그림자속으로 스며들어갔다. 잠시 후 그의 인기척이 방 안에서 사라졌다.

똑똑!

누군가 대혁의 방문을 두드렸다.

◆

"누구냐? 들어와."

암막 커튼을 치고 불조차 들어오지 않아 어두컴컴한 방.

한 사내가 말했다. 사내의 풍체는 어둠속에서도 알아 볼 정도로 컸다.

끼이익.

경첩에 기름을 하지 않아 불쾌한 마찰음이 들리고 방문이 열렸다. 열린 문을 통해 복도의 불빛이 방안을 밝혔다.

낡은 숙박업소였다. 침대와 불룩한 브라운관 TV정도가 비품의 전부인 방이었다.

"취향이 고상하다고 말해줄 순 없군."

막스였다. 그가 방안으로 들어오며 말했다. 덩치 큰 남자 규토가 앉아 있는 의자는 부러질 듯 위태했다.

"어때? 생각해봤는가?"

"아직 시간이 남아있는 걸로 알고 있는데?"

"물론 남아있지. 하지만 중간 확인 절차라는것도 있잖아?"

"……"

"어렵게 생각할 것 없어. 이 지구는 곧 우리의 주인님이 차지한다. 그럼 너의 왕국….”

왕국이라는 말에 어둠속에서 규토의 눈빛이 형형하게 빛
났다. 사냥감을 물어뜯을 준비가 끝난 맹수의 눈빛 같았다.
막스는 말을 삼켰다. 그에게 말을 잘못했다가 아락 윙트라
쿨이 어떻게 되었는지 직접 보았다. 그의 힘은 자신을 포함
한 다른 레버넌트 와는 격을 달리한다. 어쩌면 레버넌트의
수장과 동급일지도 몰랐다.

“…왕국의 영광에는 비할 수 없겠지만… 성과에 따라 땅
을 하사받고 꾸려갈 순 있을 거야.”

“……”

막스는 침을 꼴깍 삼켰다. 화제를 돌리기 위해 입을 열었
다.

“밥은 먹었나?”

“아직.”

“태국 음식은 세계 4대음식중 하나로 꼽혀. 먹을거리가
믿기지 않을 정도로 풍부하지. 밥이라도 하러 가지.”

“쏘는 건가?”

막스는 ‘응?’ 고개를 갸웃했다. 지금까지의 심각한 분위
기에는 어울리지 않는 말이었다. 하지만 곧 알아듣고 허허
웃었다. 왕국에 관련된 말만 나오면 극도로 날카로워지는
규토지만, 그 외에는 헤실헤실 풀린 남자가 규토이기도 했
다.

“그래, 내가 한 턱 내지.”

◆

방문을 두드린 건 오니켄이었다. 그는 따뜻한 차를 권했다. 차를 마신 대혁은 약속 보다 이르게 호텔 1층 로비로 나왔다. 태국 유력일간지인 콤차륵을 펼쳐 읽고 있던 펜팍이 대혁을 발견하고 일어났다. 그녀는 피부가 까무잡잡했지만 이목구비가 짙어 꽤 미인축에 속하는 헌터였다.

"왜 벌써 나오셨어요?"

그녀가 유창한 한국말로 물었다. 비데야와 펜팍은 한국말을 할 줄알아 특별히 대혁의 태국행을 보좌할 헌터로 차출된 것이었다.

"한국말이 유창하시네요."

"어머니가 한국분이시거든요."

"아."

"다른 분들은요?"

"저 먼저 내려온 겁니다."

"그렇군요."

"비데야 씨는 어디 가셨습니까?"

"그는 먼저 돌아갔어요. 급한 일이 생겼거든요. 오염수치가 비정상적으로 증가하는 던전들이 몇 개 더 발생해서… 인력이 모자란 상태라서요."

"방콕도 심각한가보군요."

"얼굴 뵙지 못하고 그냥 돌아가서 미안하다는 얘기도

전해달라고 했어요."

"전혀요. 괜찮습니다."

잠시 후 파모라와 오니켄도 내려왔다.

"그럼 이동할까요?"

셋은 호텔로 타고왔던 밴에 다시 올랐다. 운전은 펜팍이 맡았다. 그녀는 운전에 상당히 능숙한 드라이버였다.

끼익!

"여기입니다."

밴은 사건현장 앞에 멈춰 섰다. 바리케이트와 바인더 끈이 이곳 저곳 설치되어 민간인의 출입을 통제하고 있었다.

"협회소속 헌터입니다."

펜팍은 사건 현장의 출입을 허가하는 증서를 보여줬다. 현장을 조사하고 있던 관계자가 꾸벅 고개숙여 인사하고 펜팍에게 뭐라고 말했다.

그녀는 다시 대혁에게 통역을 해주었다.

"브리핑을 들어보시겠습니까?"

"대강 어떤 상황인지는 알고 있어요. 당시 현장을 직접 보고 싶어서 온 겁니다."

대혁은 천천히 주위를 둘러보았다. 두 블록 정도에 걸쳐 5~10층 정도 건물 6~7채가 완전히 무너져 있었고 그 외에는 멀쩡했다.

'잘린' 건물은 콘크리트며 철근 할 것 없이 반듯한 절단면을 보였다.

"역시 그 놈 답네. 칼이 지나간 곳이 유리처럼 말끔해."

파모라가 말했다. 대혁은 동의할 수밖에 없었다.

대지의 영웅 규토.

대혁이 봤던 사람 중에 검을 가장 잘 쓰는 인물이 바로 그였다.

"이… 이럴 수가."

연신 감탄을 터뜨리는 인물이 하나 더 있었다. 바로 오니켄이었다. 그는 검이 베고 지나간 건물에 남은 상흔을 보며 고개를 크게 주억거렸다.

수십 년 평생 검의 길을 걸어왔던 그이기 때문에 이 현장을 만든 장본인의 실력이 어느 정도인지 누구보다 더 잘 알 수 있었다.

자신보다 몇 수 위일 것이다.

"이건 예술입니다."

그의 몸이 부들부들 떨렸다. 높은 경지의 검사를 만날 수 있다는 희열 때문이었다.

"가능하다면 그를 만나 합을 나눠보고 싶군요."

대혁에게도 졌지만 그건 압도적인 무력에 의한 것이었다.

검사로 진 것은 아니다. 검사로써는 아직 누구에게도 지지 않았다는 자부심이 있었다. 어쩌면 검을 자신보다 잘 다루는 자가 있을지도 모른다. 그리고 그와 싸우면 '검'으로

골렘의 장인 2

질지도 모른다. 그러나 패배가 보이는 난적과 검의 정점을 두고 자웅을 겨뤄보고 싶다.

호승심이 오니켄을 자극하고 있었다.

"죽을지도 몰라."

대혁이 피식 웃으며 말했다. 무인으로써의 그의 호승심이 나빠 보이지 않았다. 강자를 찾는 일념과 자신의 검에 대한 믿음이 오니켄을 구성한다. 그것은 곧 강함에 대한 추구고, 오니켄이 강해질수록 대혁에게도 도움이 된다. 오니켄은 대혁의 골렘이었으니까.

이것이 인격이 있는 커스텀 골렘의 장점이기도 했다. 스스로 발전이 가능하다.

"검을 나누는 값이 목숨이라면 내걸어야 하겠지요."

"그럼 붙어보던가."

"헌데… 제가 죽게 된다 해도 다시 골렘으로 되살아날 수 있는 거겠지요?"

"뭐?"

대혁이 껄껄 웃었다.

"그건 너 하는 거 봐서."

던전 브레이크와 규토가 휩쓸고 지나간 현장을 모두 다 살펴봤을 때 쯤이었다. 태양과 건물이 만들어낸 그림자 속에서 종현량이 자연스럽게 걸어 나왔다. 오니켄이 물었다.

"어디 갔다 오는 겁니까?"

"게으르긴."

오니켄을 향해 핀잔을 흘린 종현량이 대혁을 보았다.

"찾았다."

〈3권에서 계속〉